哈佛經濟學家
推理系列

美國百所大學經濟系
指定課外讀物

奪命曲線

A Deadly Indifference

MARSHALL
JEVONS

馬歇爾・傑逢斯——著

譯——葛窈君

經濟趨勢 20

奪命曲線：哈佛經濟學家推理系列

作　　者　馬歇爾．傑逢斯（Marshall Jevons）
譯　　者　葛窈君
責任編輯　許玉意、林博華
行銷業務　劉順眾、顏宏紋、李君宜

總 編 輯　林博華
發 行 人　凃玉雲
出　　版　經濟新潮社
104台北市中山區民生東路二段141號5樓
電話：(02) 2500-7696　傳真：(02) 2500-1955
經濟新潮社部落格：http://ecocite.pixnet.net
發　　行　英屬蓋曼群島商家庭傳媒股份有限公司城邦分公司
104台北市中山區民生東路二段141號11樓
客服服務專線：02-25007718；25007719
24小時傳真專線：02-25001990；25001991
服務時間：週一至週五上午09:30~12:00；下午13:30~17:00
劃撥帳號：19863813　戶名：書虫股份有限公司
讀者服務信箱：service@readingclub.com.tw
香港發行所　城邦（香港）出版集團有限公司
香港灣仔駱克道193號東超商業中心1樓
電話：(852) 25086231　傳真：(852) 25789337
E-mail: hkcite@biznetvigator.com
馬新發行所　城邦（馬新）出版集團 Cite (M) Sdn Bhd
41, Jalan Radin Anum, Bandar Baru Sri Petaling,
57000 Kuala Lumpur, Malaysia.
電話：(603) 90578822　傳真：(603) 90576622
E-mail: cite@cite.com.my
印　　刷　宏玖國際有限公司
初版一刷　2006年8月1日
二版一刷　2016年6月7日

城邦讀書花園
www.cite.com.tw

ISBN：978-986-6031-90-8

售價：300元

Printed in Taiwan

目次

致讀者

雖然本書為哈佛經濟學家推理系列的第三集，但故事發生的時間，卻早於前兩集，背景為一九六〇年代中的倫敦。然而，出現在本故事中的史匹曼卻沒有比較年輕。這和阿嘉莎・克莉絲蒂（Agatha Christie）筆下的神探白羅（Hercule Poirot）不同，亨利・史匹曼的年紀並不會隨著時間而改變；而比較像雷克斯・史陶德（Rex Stout）所塑造的尼洛・伍爾夫（Nero Wolf），是靜止的角色。此為文學之特權，免去寫作時可能遭遇的困擾。

老虎！老虎！火光輝煌，
燃燒於黑夜的幽林叢莽；
是怎樣的天手與神眼，
方能造就汝駭人的勻健？

——威廉・布雷克（William Blake）
《經驗之歌》（*Songs of Experience*）

第一章　供瞻仰的遺骸

一九六五年，倫敦

紅木箱子裡唯一的住客，從玻璃後方面無表情地注視兩名訪客；急著趕去上課的學生，對箱子裡的身影視若無睹，而箱子裡的住客也同樣對他們視而不見，不過他有很好的理由，因為他已經死了。

「他看起來真的很像班傑明・富蘭克林，」亨利・史匹曼從紅棕色的木箱前往後退，想看清楚整個身體，一邊這樣對妻子評論。

這具占據了佩吉與亨利・史匹曼兩人全副注意力的屍體，是英國哲學家暨法學家邊沁（Jeremy Bentham）所留下的皮囊，和班傑明・富蘭克林極為相似。英國大經濟學家李嘉圖

（David Ricardo）在邊沁還在世時，便曾經提過兩人的相似之處。他在義大利度假期間，曾在一間雕刻家的店裡，看到富蘭克林的胸像，後來寫給家人的信上便評論道：「一座胸像可以紀念兩個人，真是划算。」李嘉圖買下了那座胸像。

這尊可怖的遺像，使得史匹曼夫婦偏離預定行程。本來要從波士頓直奔劍橋的目的地，但後來他們卻決定在這個四月的早晨，花時間造訪倫敦大學學院。畢竟邊沁的遺體，可以說是經濟學家當中最接近基督教「主顯節」的存在，邊沁稱之為「自體聖像」。

邊沁在遺囑中指定，將遺體交給他的朋友索斯伍德・史密斯醫生處理，使其永垂不朽。邊沁的指示很明確：「遺骨擺設之方式，應一如生前，坐在我沉思時常坐的椅子上，並且應該穿上我偶爾會穿的一套黑色衣服。」在這座活動式陵墓的門上，貼著邊沁的遺囑。史匹曼夫婦在門上讀到了這段話。

更多學生匆匆經過，他們完全無視於這尊經過防腐處理的遺體，讓亨利・史匹曼不禁莞爾；麋鹿頭的標本搞不好更能引起他們的注意。

一抹扭曲的笑容掠過佩吉・史匹曼唇間，她的聲音帶著些許嘲諷，語氣平板地緩緩說道：「我不認為他達到了預期的效果。」

「他能指望什麼？這件事從一開始就是個糟糕的主意。」突如其來的尖刻評論，讓史匹曼夫婦嚇了一跳。佩吉和亨利都沒有注意到，原來在他們身後還有另外一對男女，也在研究這尊自體聖像；剛才開口說話的年輕女性，身穿薰衣草色的開襟連身洋裝，戴著顏色相稱的帽子。

史匹曼的臉亮了起來，把握機會發言：「對於像邊沁這種功利主義者來說，這不是個糟糕的主意，」他帶著微笑、繼續侃侃而談，「你們應該可以理解，對一個奉行『最多數人的最大幸福』這條信念過活的人，為什麼會想到這樣的主意。不管怎麼說，與其埋葬或火化，何不把遺體做更好的利用？邊沁的想法是，要把所有偉人的遺體都做成標本，供世人永久瞻仰。這比墓園裡的石碑，更能夠激勵後代子孫。」亨利・史匹曼此時轉身面對新來的同伴，露出大大的笑容。

「雕像難道不能達到同樣的效果嗎？至少如此一來，他的衣服不會看起來如此破爛。」這些話出自站在女士身旁的紳士口中，他對邊沁襤褸衣著的非難，與他自身的打扮與行頭恰好形成對照；他是那種身穿繡著家徽的深藍色西裝上衣，也不會顯得矯揉造作的人。

經過數十年的箱中歲月，邊沁的服飾確實顯得殘舊。他的褲管被蠹蟲蛀蝕，草帽和手套讓他看起來比較像個園丁，而不是學者。唯有背心和胸前的蕾絲花邊，散發出英國文人的氣息；曾經代表時髦的手杖，斜斜橫過膝頭。

史匹曼的手往玻璃門後的身影一揮，回答道：「雕像就失去那種感覺了。邊沁希望大家看到的，是真實的他；啟發他的信徒的，應該是他的存在感。注意看，裡面的箱子裝了輪子，邊沁學說的信徒聚會討論他的想法時，可以很容易地把這個自體聖像推到聚會的房間——正如邊沁在遺囑中所指示的那樣。」

佩吉顯得有點難為情，在臉上做出道歉的表情，向兩位同伴說：「請見諒，我先生是個教授，每次只要發現可以教學的對象，就會開始講起課來，這算是種職業病。」就佩吉看來，邊沁的遺骸絕對稱不上能啟發或鼓舞人心，只是提醒她，就算是偉大的人物，生命終究會走向死亡與腐敗的結局。

「沒什麼好見諒的，」年紀稍長的紳士對佩吉和亨利說，「我們很樂於獲得這些資訊。我從一個生意夥伴那兒，聽說了這個展覽的事，但是我從來不曾真正了解這個展示的意義何在。現在我知道了，要感謝……？」

「我是亨利・史匹曼，這位是內人，佩吉。」

「很高興認識你們。我的名字是葛雷漢・卡頓，這位是我的朋友，阿迪絲・霍恩。我們就在倫敦大學學院附近，所以順道過來親自看看邊沁。這個老小子確實有一套想法，不是嗎？蠟像館似乎得到了他的真傳。」

「什麼意思？」亨利詢問。

「你看，像杜莎夫人蠟像館那種地方有多成功，大家願意花錢去看死人的仿製品。也許應該把這個老小子搬到那裡去，至少可以獲得一些注意。」

「要和亨利八世、伊麗莎白．泰勒競爭，我想邊沁會很辛苦，」阿迪絲詼諧地表示。「他是倫敦大學學院最重要的創辦人，但是他似乎無法獲得任何學生的注意，這裡甚至還不用買票進場呢！」

葛雷漢．卡頓瞥了手錶一眼，然後轉向他的伴侶：「好啦，我想我們已經看到要看的東西了，阿迪絲。」他又轉向史匹曼夫婦：「謝謝你的講課，教授。很高興認識你們兩位，請好好享受在英國的旅程。」說完之後，這對男女便往出口的方向離開。

倫敦大學學院的南迴廊中，一度擁擠的走廊上，如今幾乎空無一人，學院的下一堂課已經開始了；顯然這些年輕的學生們，上課的時候將不會受到來自邊沁自體聖像的任何激勵與啟發。

第二章 往劍橋的火車

火車準時由利物浦站發車，加速滑過倉庫、公寓、工廠。等到列車蓄積了足夠的動力，以一定的速度前進，車輪發出的轟然巨響，便成了幾不可聞的低吟。火車的速度，迅速趕上了倫敦郊外開得飛快的車輛，與愛德蒙頓（Edmonton）附近A10公路上的汽車並駕齊驅，而都市風貌也立刻被東英格蘭蒼翠繁茂的農田所取代。

轟！一列對向班車飛馳而過，掠過史匹曼夫婦所在的車廂窗外；疾駛的噪音與風壓，讓耳朵的鼓膜為之震動。

「查票囉，請各位旅客出示車票。」一位年約五十歲、滿頭赭色頭髮的矮胖車掌，沿著通道一路走了過來。

「到了劍橋的時候，可以請你叫我們一聲嗎？」亨利・史匹曼問道。

「喔，你們會知道的，先生。不用我提醒，你們自然就會知道，因為這班車的終點站就是劍橋。要是你們沒下車，到時車上就只剩下你們兩位。」

亨利・史匹曼靠回座位上，心情頓時放鬆不少。他和佩吉都知道，英國的火車在每一站停留的時間並不長；目的地是終點站，代表兩人不需要留心觀察車站的標誌，或豎起耳朵聆聽車掌的廣播。佩吉一邊在手提包裡翻找，一邊對丈夫說：「亨利，你可不可以詳細說一遍，我們到劍橋之後的行程？」

亨利・史匹曼是個矮個子，有著閃閃發亮的灰色眼睛，頭頂近乎光禿；他的妻子佩吉，是位生氣勃勃、體態豐滿的女性，舉止看起來認真且誠摯。亨利是哈佛大學經濟學系的教授，佩吉則生長於學術氣息濃厚的家庭，兩人在哥倫比亞大學唸書時相識，亨利在那兒從大學一路念到了博士。進入哈佛擔任教職之後，亨利的聲望水漲船高，已成為學術界炙手可熱的紅人。亨利最為人所熟知的成就，就是把經濟學理論運用在最普通的日常活動中，並發展出新的見解。

史匹曼把注意力從窗口轉回來，並悠悠地從胸前口袋掏出一本行事曆：「嗯，我們應該會在今天十點左右抵達劍橋，先去旅館登記，吃點東西，然後下午可以自由活動。我想，我們可以利用這段時間到處走走，參觀劍橋；過了今天，不知還有多少時間可以自由參觀。明天早上九點整，我要在馬歇爾的故居，和墨利斯・范恩及鄧肯・思林會合，我希望妳也一起去。明天賈德要帶我們去吃午餐。」

史匹曼停頓了一下，又繼續往下說：「明天下午，我會和他的一些同事共進下午茶，所以妳得自己一個人度過了。不過，范恩說想帶妳在這一區兜兜風；大戰期間他被派駐在這兒，這次想要舊地重遊一番。不管怎麼說，我想妳應該不想坐在那邊聽我講課，那些話妳以前大部分都聽過了。我的演講安排在傍晚，所以到時候我們可以在旅館碰頭，準備參加經濟系一些同仁為我舉行的雞尾酒會，然後我們再一起吃頓有點晚的晚餐，也許可以在旅館裡吃。

「星期五的行程還不確定，要看和思林談判的結果而定。週末沒有任何預定行程，週一可能必須處理法律問題等細節。我希望週二離開的時候，可以帶著新房子的契約一起走。」

此時，史匹曼夫婦察覺到火車的速度慢了下來，便往窗外張望。列車沿著月台停靠之際，標示著「Audley End」的牌子進入眼簾。史匹曼查看了一下火車時刻表，目光沿著「倫敦—劍橋」那一欄往下移。「大概再過十五分鐘就會到了。」

史匹曼夫婦的視線四下瀏覽，他們搭乘的是早上十點左右、離峰時間開往劍橋的班車。他們注意到車廂裡目前空蕩蕩的，只剩下一個年輕人，坐在這節車廂的後方，睡得嘴巴微張，頭往後仰，發出規律的鼾聲。火車再度往前加速移動，發出的聲音蓋過了鼾聲。這個熟睡的年輕人和同車的史匹曼夫婦不同，對於窗外飛逝而過的鄉村景致，以及一望無際、綿延到天邊的平原風光，渾然不覺。

佩吉再次埋首於桃樂絲・賽兒絲（Dorothy Sayers）的著作，她已經快要看完這本書了；而她的老公坐在對面，全副心思都被劍橋等著他的任務給占據。為自己買房子是一回事，但是為其他人做出如此重大的採購決定，又是另外一回事。基金會第一次和史匹曼聯絡的時候，他拒絕了這項任務，希望基金會能夠找到對這類事務更有經驗的人代替他去；但是後來基金會又再次找上門，原來是他推薦的人選沃克教授，起初同意接受，後來卻生病了。基金會對史匹曼的二度懇求成功了。

一則也是因為，史匹曼夫婦同時受到邀請，而佩吉對這趟旅程感到興致勃勃，直問道：「為什麼不接受呢？我們從來沒有一起去過劍橋，可以去看看國王禮拜堂、嘆息橋，應該會很好玩。而你也可以見到你的老朋友，賈德・麥當勞。我們還可以去看倫敦的邊沁展覽，你知道你一直說想要去的。反正，我們可趁此機會，好好地度個假。」

如果沒有佩吉的隨行，亨利對於是否能夠談成這筆交易，會更沒有把握。佩吉對房地產獨具慧眼，能夠看出一棟房屋的真實樣貌，也能夠看出這棟房屋的可能性，而且她很會看人；至少亨利不得不承認，佩吉的直覺要比他來得靈敏。

佩吉這方面的才能，在選購二手商品時格外管用。賣方對於要拍賣的物品，從裡到外再熟悉不過，但是，準備購買的買主卻並非如此。身為經濟學家，亨利・史匹曼相當清楚，這是市場經濟的問題之一。買方所擁有的資訊通常比賣方來得少，結果是品質較佳的商品，往往沒有機會進入市場。因為保養良好的商品（例如狀況良好的二手車或割草機），物主更有動機在朋友當中搜尋買主，而不是把物品放到市場上去叫賣，讓其他不知道內情的人，把東西評定為和其他同類的低品質商品具有同樣價值。佩吉的存在，可以抵消亨利與屋主相較之下，所呈現的資訊不對稱。

火車不斷往前行駛，亨利仔細端詳佩吉看書的模樣，想著自己能夠娶到她是多麼幸運；在亨利眼中，佩吉看起來幾乎和十五年前他們結婚時一模一樣：同樣的栗色頭髮、同樣的白皙膚色，還有那雙溫柔的棕色眼睛，多少年前吸引了他——如今還是同樣吸引他。只有眼角的細紋，還有堅定的下巴，透露出她的成熟。佩吉比他高——在他們約會的日子裡，她父親從來沒忘記指出這一點；但就算這一點對她真有影響，她也從未表現出來。

他們的約會模式很不尋常。佩吉一直想知道，其他人和接受經濟學訓練的人約會時，是不是會遇到同樣的情況。這種特異的情境，來自約會時由男性付費的社會傳統，以及有關餽贈與金錢價值的經濟理論。

亨利・史匹曼由經濟學分析中得知，對接受餽贈的人而言，一百元現金的贈送，或者是價值相當於一百元的禮物（不論是隨機選出的，或是由另一個人所挑選出來的），兩者相比，通常是讓接受者拿現金去消費自己選擇的財貨或服務，效果更佳。別人很少有足夠的資訊，能夠在價值一百元的財貨組合中做出最佳選擇，讓你在經濟上獲得最大的滿足，或者獲得如史匹曼所稱的「效用」。

這則有關消費行為的經濟理論，奠基於消費者會透過調節採購內容，多買一點這個或少買一點那個，追求最大效用。同樣的原則，可以適用於政府發放的物資或補助：只有接受者具備知識與動機，利用這筆錢為自己產生最大的滿足感；對這個特定個體而言，捐贈的物資不見得能夠滿足他的需求。這也是為什麼，許多經濟學家贊成直接發放現金給貧民，而不是由政府的救濟機構提供非金錢的物資援助。

亨利・史匹曼在追求佩吉的時候，也運用這則經濟原理。他會邀請佩吉出去，比方說，去看場電影，然後再吃點甜點；但在同時，亨利會給佩吉另一條選擇，也就是把他預定花在佩吉身上的錢，折換成等值的現金。他相當坦率地提出這兩種選項，讓佩吉自由選擇，其所依據的論點有兩大要素。

第一，史匹曼非常清楚，佩吉大可以拿了錢就走，選擇另一組財貨服務，取代和亨利的約會，可能可以讓她獲得更大的滿足感。第二，亨利知道，如果自己真的愛佩吉，會希望佩吉獲得最大的快樂，即使那表示他會失去佩吉的陪伴。他認為，把兩人的幸福放在第一優先順位，讓對方選擇是不是要把約會費用換為等值的現金，是對這個人顯示真愛的表現。

在他們兩人結婚前，亨利曾不止一次告訴佩吉，對經濟學家而言，愛情是「相互依存的效用函數」（interdependent utility functions），這正是愛情的本質：給予對方歡樂的同時，自己也感到幸福快樂。歌頌愛情的作品何其多，史匹曼卻從沒見過，有哪個流行歌曲的創作者選中這個主題，加以謳歌；但他相信，或許是因為「相互依存的效用函數」這幾個字難以寫進押韻的歌詞裡，而不是因為這個概念毫無可取之處。

只有那麼一次，佩吉接受了等值的現金，而那一次較多是出於好奇，想看看男友的經濟理論，是不是會獲得實際行動的支持。結果是肯定的，亨利‧史匹曼給了她十二美元，這是他預估在哥倫比亞大學裡吃頓晚餐，外加觀賞戲劇演出的費用。其他每一次，佩吉都接受了亨利的邀約，婉拒現金的餽贈。亨利從不認為佩吉拒絕現金，是種不理智的表現，在他眼中，這表示佩吉的效用函數已經和他的效用函數交織在一起，也就是說，他們兩人已墜入愛河。

「劍—橋到了，劍—橋到了！」車掌的廣播恰好在火車頭減速時響起。「所有乘客請下車！本次列車已抵達終點站。」

史匹曼夫婦站起來拿行李。佩吉從頭上的置物架，取下了兩個小型帆布袋；亨利則是從座位之間，拉出一個大行李箱。拖著沉重負擔的兩人，開始往車廂的出口移動。

他們走上具有義大利建築風格的車站月台，穿過騎樓，從建築物的另一端走了出去，在那邊有一排計程車正等著招呼客人。只要再經過一段短暫的車程，史匹曼夫婦就可以抵達他們在劍橋的旅館安頓下來。

第三章　劍河撐篙

重回英國，讓墨利斯・范恩心情愉快，一方面是因為他喜歡有禮貌的人，而教養在美國是種越來越罕見的特質。再則是那種可以預測的感覺，你可以信任英國的火車、郵政服務，還有啤酒，品質總是維持一貫的優越；芝加哥的大眾運輸系統慘不堪言，郵件總是不知何時才能送達，而且除了德國進口的霍夫伯啤酒以外，誰都別想喝到像樣的啤酒。在英國，似乎不論去到哪裡，工作人員都知道自己的職責所在，不會如此推卸責任。

「請問您要登記住宿嗎？」藍野豬旅館的櫃臺後，立正站著一位熱忱友善的紅髮年輕人，滿臉雀斑，身上穿的制服，使他看起來像菲利普莫里斯香菸廣告裡的侍者強尼。

戴眼鏡的高個子紳士以從容不迫的態度，仔細填寫表格上需要回答的空白欄位。櫃臺服務員在掃視資料之後接著說：「這是您第一次來訪嗎，范恩先生？」

「這是我第一次住在這家旅館——事實上，這是我第一次到劍橋來。不過我對倫敦倒確實有點認識，大戰期間我被派駐在東英格蘭，但是那個時候很亂，我還沒有機會來到這兒。」

「希望您能趁這次機會玩得開心，先生。需要我帶您到房間去嗎？」

「好的，謝謝你。喔，對了，劍橋來的史匹曼夫婦——我是說，美國麻州的劍橋——他們到了嗎？」

「他們還沒到呢，先生。不過他們預約的是今天沒錯。」

「我想要留個話給他們，」范恩如此表示。

「沒問題，」櫃臺的年輕人回答，同時把一張旅館信紙放在住客的面前。范恩動筆寫了張便條，說明他已經平安抵達劍橋，確認明天會按照預定計畫和史匹曼夫婦會合，他寫道：「就這樣說定了，我們第一次去看貝立奧莊的時候應該一起去。思林和我們約了早上九點碰面。」

「我的朋友來登記住宿的時候，希望你能把這轉交給他們，非常感謝。」范恩邊說邊把紙條放進信封裡。

墨利斯・范恩在等待的，是亨利・史匹曼教授，以及他的妻子佩吉。史匹曼夫婦要和他一起，幫助他完成引他前來英國的計畫。

接著范恩從旅館大廳旁的樓梯，艱難地爬上二樓，在服務生的陪同下進入房間。此刻他走到三一街的窗邊，俯瞰繁忙的街道。

「還滿意這間房嗎，先生？」

「一切看起來都很不錯，」他遞出小費，遣走了幫忙搬運行李的服務生。范恩帶著好奇的眼光，打量他的小房間。房間裡有那種讓他聯想到英國式安逸的舒適風貌，充滿家的溫馨感，但卻不至於凌亂。他脫掉西裝外套，身子往後仰躺在床上。出門旅行的時候，他總是會用這種方式測試床墊；但是這一次，他的動作卻是出於疲勞。整晚窩在飛往倫敦的班機上，一大清早再從希斯羅機場搭公車到劍橋，讓他十足累壞了。

稍稍打個盹恢復精神之後，范恩取出行李，沖了個澡，換上卡其褲、藍色棉質休閒衫，以及一雙適合走路的鞋子。之後還有生意要談，但是首先他要花點時間觀光。他決定從劍河開始，這條河流的名字，來自其蜿蜒流過的這座古老大學城：劍橋。沒有劍河的劍橋，就像沒有常春藤的耶魯。

墨利斯・范恩從旅館櫃臺拿到一張地圖，往指示的平底船出租碼頭方向漫步而行。他雇了艘有船伕撐篙的船，小心翼翼地上了船，然後沿著船身伸長了腿橫過船底，雙手繞到頭後，準備好要享受劍橋提供的，一項最古老的娛樂。

河上繁忙的交通，迫使船伕光是為了使船離開出租碼頭，就必須連續以輕巧的動作，閃避越過幾艘迎面而來的船隻。范恩以欣賞的眼光，留意年輕船伕卓越的撐船技巧，看他如何一面在平底船尾端的平台上穩住身子，一面控制船隻的前進。

撐篙的動作，負有操控方向兼提供動力的雙重功能。這種平底船既沒有槳也沒有舵，大部分人需要經過兩到三次的練習，才能掌握撐篙的訣竅。毫無經驗的遊客第一次嘗試時，有時會驚訝地發現，船隻竟從他們腳下脫離，向前滑動，留下他們依靠船篙得到暫時的支撐，但終究還是無法逃離落水的命運。

不過從沒有人因此溺斃。劍河的水很淺，而且附近總是會有其他船客伸出援手，帶著幸災樂禍的關切之情，營救任何倒楣的撐船者。

「我很樂意向您介紹這些景點，如果您想要聽的話，這是撐船服務的一部分。」船划出一小段距離後，面對范恩這個安靜但睜大眼睛注意周遭環境的顧客，高大健壯的年輕船伕如此主動解說。「不過，如果您覺得這樣比較好的話，我也可以不說話，只要別叫我唱歌就行。」

這段話打斷了范恩的遐想，他的回答是：「來個簡略版的介紹怎麼樣？——在美國我們稱為『讀者文摘版』。」

「我了解了，先生。有時候客人只想沉浸在景色中，不想聽我說話，我並不介意。每個小時重複一遍同樣的導遊內容和歷史由來，有時候是挺煩人的。去問任何一個船伕，都會跟你說同樣的話。」

「我不是故意裝出不感興趣的樣子。不管你相不相信，我是真的很期待這趟旅程。重點是，我到這裡來，是要來談房地產生意的，這件事一直纏繞在我心頭，占據我心思的一部分，因此，絕對不是針對你或怎麼樣。事實上，你撐船撐得很好，我玩得很開心。你叫什麼名字呢？」

「我的名字是派卜，史提夫・派卜。」

「你是什麼地方的人呢，史提夫？」

「我就住在附近，一個叫做格蘭切斯特的村子。」

墨利斯・范恩是美國中西部文化薰陶下的產物，在「大十聯盟」[1]的學校中接受大學教

譯註：

[1] the Big Ten。很多美國學院與大學會組成聯盟，其中最著名的當屬「常春藤聯盟」；「大十聯盟」則創設於一八九六年，特色是學校大，學生人數多，學校聲譽都還不錯。基本成員如下：芝加哥大學、伊利諾大學、密西根大學、明尼蘇達大學、西北大學、普度大學，以及威斯康辛大學。印第安大學及愛荷華大學於一八九九年加入，俄亥俄州立大學於一九一二年加入。芝加哥大學則於一九四六年退出，而密西根州立學院（現為密西根州立大學）於三年後的一九四九年加入。最新會員為賓州州立大學，於一九九〇年加入。

育。劍橋大學與他的母校不僅距離相去千萬哩，文化差距同樣不可以道里計。在明尼蘇達大學裡，巨大的學術企業招收大量學生之後，生產出數以千計同質性極高的畢業生。但范恩在平底船上所觀察到的這些英國學院，卻只招收少數幾百個學生，而非數千個；教學方式幾乎都是一對一的個別指導，講課是輔助性質的，學生可以自由選擇出席與否。授課講師的地位如何，從教室外停放的腳踏車數目便可一目瞭然，不必依據課程要求評斷。

在這個風光明媚的春日午後，在劍河上以及沿著河岸的每一個人，似乎都懷有歡樂的心情，范恩觀察坐在河邊的那些人，還有其他船上的乘客，得到了這樣的結論。他的朋友常取笑他，說他老是無法放鬆。

他為了家族事業賣力工作，從父親手中接棒，並不是件容易的事。他知道許多家族事業在第二代敗落，子女總是必須承擔所有責任。若是事業成功，其他人只會認為，第二代是沾了上一代的光，繼承了創立者的基業而已；但若是事業失敗，卻沒有人會把失敗歸因於經濟環境的變遷。

對范恩而言，放鬆心情享受當下，這個所有人似乎自然而然就能達成的境界，他卻需要經過有意識的努力才能達到，但他還是開始努力嘗試。

他的努力似乎有了成效。平底船從銀街橋下滑過，往學院後園接近時，他發現自己慢慢進入一種平靜安詳、昏昏欲睡的狀態。在國王學院映入眼簾之際，范恩對著自己說：原來這就是放鬆啊！

他對生意的擔憂逐漸遠去，此刻目光集中在國王學院的禮拜堂。在周遭背景的襯托下，禮拜堂顯得龐大無匹，即使在一段距離之外，范恩也可以看出禮拜堂的莊嚴壯麗：哥德式尖塔上繁複的雕刻、紋章的圖樣，還有環繞著鐘樓排列的無數尖頂。范恩並不是那種經常受到偉大建築物感動的人，但眼前這幅景色他肯定會永遠記得。

船滑過克雷爾橋下，來到三一學院後轉了個大彎，沿途可見的各式景物，派卜一面給予簡短的解說，一面撐著船往這趟旅程的折返點——麥格達倫學院前進。

在前方，范恩看到了一組令人驚嘆的建築：一座封閉的大理石橋，連接座落於劍河兩岸的學院建築。

「現在看到的是嘆息橋，名字來自威尼斯的原作。但是在劍橋，我們並不認為這是仿造品。這座橋屬於聖約翰學院的一部分。」派卜解釋道。

范恩注意到，橋上的窗戶都嵌著交叉的鐵條，忍不住開口詢問，派卜於是回答：「那些鐵條，是橋建好幾年之後才加上去，用來封鎖校園的。在那個時候，你知道的，所有學院都設有門禁時間，他們希望確定不會有學生在過了門禁時間之後，還能偷偷溜進聖約翰學院。」

下午三、四點的陽光在水上彈跳，照亮了劍河西岸的繁花，來野餐的人，三三兩兩散布在刈過的草地上。船伕對準拱橋的正中央，從嘆息橋優美的弧度之下滑過，然後使船靠近聳立於東岸的聖約翰學院建築牆壁。斜倚在船頭座位的范恩，回頭看著嚮導，以及剛才經過的美景。附近的枝幹上，鶇鳥正在高聲鳴唱。

接下來發生的事是如此迅速，以至於范恩在事後複述這個事件時，對於重要的細節感到一片模糊。他能夠回想起來的第一件事，是聽到刺耳、甚至可說是震耳欲聾的爆裂巨響。他記得看到許多碎片，船上的長椅碎成片片，木屑攤在他的腳邊。有個會發光的物體吸引了他的目光，但是他實在過於震驚，沒有餘力去辨識那是什麼東西。

史提夫・派卜跪倒在船上，左手緊抓船緣保持平衡，右手竟然還繼續緊握著船篙，一邊本能地抬頭沿牆往上看，然後就這樣維持向上張望的姿勢，使出吃奶的力氣把船篙猛插進水裡，把船向外撐——希望這是遠離傷害的方向，他想著。他不敢確定，但他覺得看到了什麼，在三樓一扇開著的窗戶後面有東西在動；一開始在，然後就不見了。後來，他甚至不敢確定是不是真有什麼在那兒出現過。

第四章　索特馬許太太家的早餐

「昨天忙嗎，寶貝？」索特馬許太太把一套杯碟放在年輕房客的面前，新煮咖啡與熱騰騰的英式鬆餅香氣四溢，充斥在這個享用早餐的角落。年輕人還來不及回答，索特馬許太太又插嘴：「快來試試這些小圓鬆餅，看看是不是比泰格先生店裡賣的還好吃。真不知道是怎麼回事，現在連想吃個像樣的鬆餅都沒辦法，我跟泰格先生說，他烤的鬆餅有什麼地方不一樣了，但是他說沒有，他做的方法和以前完全一模一樣，不過我可沒這麼好騙。」索特馬許太太倒了兩杯咖啡，坐了下來。

「妳做的鬆餅棒呆啦，大媽。」史提夫・派卜很清楚自己該往哪邊靠攏。他在索特馬許太太這兒租了間房，到現在已經住了兩年。每週三英鎊，撥出三小時幫忙雜務，再花大約兩小時的時間認真聆聽，換來的是舒適整潔的房間，還有一整天活力來源的豐盛早餐。

「我昨天可忙了，但不是在忙著賺小費，我整個下午都花在和警察、老闆打交道，解釋為什麼我的船破了個大洞。」

索特馬許太太正準備啜飲咖啡，杯子卻停在送往唇邊的半空中。「噯，我從來沒有……是誰弄破了你的船呢，寶貝？一定是喝醉酒的船伕吧，如果要我猜的話。這年頭啊，連出門找點樂子，都要冒著生命危險。我一直覺得，就算大家都循規蹈矩，在水上已經夠危險的了，你很幸運沒有被砸到頭，要是掉到水裡去，那你可就完蛋了。」

史提夫・派卜頭往後仰，暢快地大笑出聲。「喝醉酒的船伕我看得多了，那不算什麼。昨天的情況卻是我從來沒見過的，從頭到尾沒遇過這種事，甚至直到事情結束，我都不能確定到底發生了什麼。我能肯定的只有一件事，那就是有個鐵製的啞鈴，幾乎砸死了我的客人，而且因為那個啞鈴驚險地擦過他身邊，害得我的船差點沉了。我可以告訴妳，華森先生對這件事一點也不高興，但是我跟他說，這比被那位客人的家人起訴或什麼的要好多了。」

「我的老天爺啊，啞鈴怎麼會無緣無故跑出來砸人呢？」索特馬許太太的咖啡杯至今沒有移動分毫。

「起初我以為那是從聖約翰學院的一扇窗戶掉下來的，但是我抬頭往上看，又不太能確定，或至少我不能肯定自己是不是看到了什麼。

「無論如何，我也沒時間多想，因為我一開始以為那個啞鈴打中了我的乘客，差一點點而已，真的，大概只差個兩吋吧，說不定更近。他臉色白得像我撐船用的篙尖，但是我仔細檢查之後，發現他連個擦傷都沒有。我們盡可能以最快的速度趕回碼頭，這還不是件容易的事，因為船已經開始進水了。然後華森先生打電話報警，到最後我必須和警察談，他們派了人到聖約翰學院去調查，可是查不出是誰幹的。」

「我想也是，」索特馬許太太回應。「沒有人會承認，自己讓啞鈴從窗戶外面掉了下去。我以前認識的一位太太，那是在戰前的事了，從臥室窗口掉了一隻彩色玻璃瓶下去，她丈夫氣得要命。然而只要你打掃過家裡，就會了解為什麼把那種東西放在窗台上，只是暫時放一分鐘而已，你知道的。但是不會是啞鈴，要我說的話，那只能用自找麻煩來形容。我敢打包票，寶貝，一定是哪個笨蛋做了蠢事，之後又裝啞巴。」

史提夫・派卜和索特馬許太太靜靜坐了一會兒，喝著咖啡，小口小口地吃著小圓鬆餅；另一位房客到現在還沒下來用早餐。

「我知道譚納小姐起床了，每次聽到樓上沖水的聲音，我就知道了。希望她趕快下來，因為我今天早上要進城去買點布料，伊登莉莉的店裡在特價，我想趁車子還不是太多的時候先過去。」索特馬許太太頓了頓，然後再次開講。

「我不知道擠進劍橋的人怎麼能夠比今年春天還多。我拉著購物車，在席德尼大街上根本是寸步難行，真不知道那些推嬰兒車的年輕媽媽要怎麼辦。沒有人肯讓個一吋，而你又不敢踏到人行道外面去，因為就算不會被腳踏車撞到，也會被公車撞到。」

「那你就該找時間讓我帶你從河上走啊，」史提夫回應，「河上交通也很繁忙，不過並不像街上那麼糟。」

「不用了，謝謝你的好意，寶貝。聽起來在街上走還安全些，而且，在河上我就沒辦法遇到任何朋友了。你告訴我，上次你載到英國客人是什麼時候？我敢說已經是八百年前的事了吧。這年頭啊，英國的有錢人不是從日本就是從德國來的，再不然就是法國人，或者是美國佬。前兩天我還在問迪金絲太太呢，英國到底是真的贏了這場戰爭還是沒有。」

史提夫·派卜聚精會神地聽著房東高談闊論，一邊喝完了第一杯咖啡。

「再一杯嗎？寶貝？」她詢問年輕的房客，他點點頭表示同意。

在格蘭切斯特附近的這棟小屋裡，派卜度過了無數愉快的早晨時光。騎著腳踏車，他在幾分鐘之內就可以到達劍橋市中心，享用那裡所有的便利設施，但在幾分鐘內，他又可以回到英格蘭鄉間的恬靜當中。索特馬許太太的寓所，就位於格蘭切斯特南邊，在劍河邊的一小片草原上，從西元九世紀時便開始發展的農莊。史提夫·派卜感覺自己兼收兩個世界之長。

派卜並不是唯一一個有這種感覺的人；索特馬許太太最近招收的新房客朵拉•譚納，似乎也很滿意格蘭切斯特，享受這個地理位置所帶來的愉快與便利。

「索特馬許太太，妳的床實在是太舒服，讓我又睡過頭了。我是不是太晚下來吃早餐了？」

「妳就趕快坐下吧，寶貝，讓我來幫妳熱鬆餅。還有很多咖啡自己倒，史提夫可以陪妳聊天。」

「史提夫，你不需要為了我而特地留下來。如果你準備要出門的話，隨時都可以離開。」

朵拉•譚納坐在餐桌前，開始把牛奶往冒著蒸汽的咖啡杯裡倒。

「我還有幾分鐘，今天早上我可以晚一點再去河上報到，而且我也想聽聽昨天進行得怎麼樣了。」

朵拉•譚納先啜了口咖啡才回答：「還可以吧，我想。很難說，真的。我認為很順利，但是我沒辦法確定。你懂我的意思嗎？」

「呃，妳認為妳會拿到那個角色嗎？這是我想要問的問題。」

「我台詞念得很好，我認為我很適合那個角色，但是我不確定負責選角的人看不看得出來。這是這個工作最讓人挫折的地方，總是在我最不期望的時候得到角色，但卻得不到我真正想要的角色。」

「妳昨天去試的是哪個角色？」

「夏娃。女王劇院要重新上演蕭伯納的《回到瑪士撒拉》，我想演這個角色想得要命。」

「如果妳要演出這個角色，那麼或許我可以演那條毒蛇。」史提夫回應的時候，眼中閃爍的光芒清楚顯示他是在開玩笑。

「抱歉了，史提夫，性別不對；那條蛇是女生，而且你說得太遲了，他們已經找好演蛇的人了，昨天我到戲院才知道的。」

「這是妳的小圓鬆餅，親愛的，都熱過了。」索特馬許太太重新回到享用早餐的角落，放下裝著兩個英式鬆餅的餐籃。「奶油就在妳前面。史提夫，好心幫個忙，把果醬遞給朵拉吧。」

索特馬許太太把椅子拉近餐桌，動手添滿自己的咖啡杯。「那件長袍真好看！是什麼布料做成的？看起來不像法蘭絨，不過似乎一樣舒服！」

「事實上，這是羊駝毛。可能感覺有點奢侈，不過在戲院裡，大家都穿長袍，我們連會客都一直穿著長袍，你永遠不知道在換衣服的時候，誰會跑進更衣室裡面來。」

在早晨的陽光下，這件黑色有光澤的長袍，不但吸引了索特馬許太太的注意力，更襯托出年輕女演員一頭金色的披肩秀髮。

頭髮是她最動人的特色，而她也知道這點，所以花了許多時間保養：用最細緻的洗髮精清洗，再用最新、口碑最好的潤髮乳滋潤，然後以刷毛最柔軟的髮刷輕柔梳理。

朵拉．譚納還有著近乎完美的膚色，這是任何渴望登上英國舞台的年輕女性，不可或缺的一項條件，她用許多不同的潔面乳、收斂水、乳液、美容油保養皮膚；但另一方面，她的身材卻相當普通——這一點對於舞台戲劇演出而言，要比演電影是更大的障礙。

「對了，親愛的，妳住在我們這裡已經有兩個禮拜了吧，是不是開始對這個小村莊產生家的感覺了呢？我知道這裡離倫敦很遠，」索特馬許太太一邊詢問，一邊拂去了桌布上散落的幾許麵包屑。

「從我到這裡的第一刻起，就有家的感覺，這裡正是我要尋找的地方。妳救了我一命，索特馬許太太。倫敦的生活變得太過複雜，我知道我必須在那兒工作，但是我知道我也必須待在這裡，一個我可以思考的地方。在倫敦，根本沒有機會思考，我總是在工作，工作結束之後，還是和工作上同一批人在一起。

「在這裡，我可以在原野上散步，呼吸鄉間的空氣，不必像個展示品一樣供人觀賞。我感覺像是又回到了小時候，而且還有……還有，我並沒有完全和城市切斷關係。就像我正在跟史提夫說的，昨天我在倫敦有個角色要試鏡，倫敦只要搭一小段火車就可以到了，但是同時又像另一個世界那麼遙遠。

「當然啦，所有這一切都可能改變，我知道得很清楚。如果是我拿到昨天試鏡的那個角色，不管我有多麼喜歡和妳、和史提夫在一起，還是必須離開。這就是戲劇界的現實，也許也是唯一的現實。」

聽到有可能失去這位新房客，索特馬許太太臉上顯出憂傷的情緒。她在二次世界大戰中成為寡婦，拿到一小筆撫卹金，但還是得靠出租房間增加收入，才能維持這麼一棟曾是她和丈夫共同居住的房屋，而且她也想要有人陪伴。為自己一個人準備早餐是件寂寞的差事，但是為年輕的房客準備早餐，她卻一點也不覺得是件無聊的例行公事。「他們還年輕，讓我自己也感覺年輕了起來，」她這樣對鄰居說。

史提夫·派卜對朵拉可能離去的前景，自有他的想法。他覺得朵拉很有吸引力，喜歡和她在一起；在史提夫眼中，朵拉的生活很迷人——和他認識的其他女孩如此不同。自私的天性讓他希望朵拉留下來，但他本性中的善良，卻讓他希望朵拉獲得演出這個角色的機會。

史提夫·派卜從椅子上起身，把餐巾放在盤子旁邊，眼光向下看著餐桌好一會兒，然後開口說：「如果妳拿到了那個角色，我會為妳開心，就算我永遠也不會有機會看到妳在那齣戲裡的演出。」

「喔，但是我希望你能來看，我可以想辦法幫你要到幾張票。妳也是，索特馬許太太，我希望你們兩位能在首演之夜來看。」

「那一定會很有趣，對不對，史提夫？我的意思是說，看譚納小姐演戲。還有首演之夜？其他朋友一定羨慕死我了。」在房客的提議之下，索特馬許太太的臉色亮了起來。

「要是那齣戲會在劍橋演出，那是當然，我一定會去當觀眾為妳捧場的，說不定演完戲之後，我們還可以說說話。但是在倫敦妳大概不會有時間理我。」

史提夫・派卜抱怨的語調讓朵拉・譚納吃了一驚，不過索特馬許太太卻可以理解。

第五章 貝立奧莊

三個人一起站在碎石鋪成的車道上，車道通往房子的東側。在他們眼前浮現的寬廣磚房，是安妮女王風格復興時期的作品，有著長度不等的人字型屋頂，兩側均有巨大的煙囪，以拱形結構相連接，還有兩扇對稱設置的老虎窗，窗框是白色的。面對房子的一樓左側，有一扇凸出的小型景觀窗，從客廳向外推。

從所站的有利位置，史匹曼可以看到二樓陽台精細的木結構，他知道這座陽台的門，通往曾經是馬歇爾書房的房間。史匹曼相信，個體經濟學是經濟學的核心，對任何一個在這種信念中成長的經濟學家而言，看到這棟房子，必定會興起敬畏之情，因為馬歇爾正是個體經濟學之父。

「所以，這就是貝立奧莊啊，」史匹曼對自己說。自從讀過馬歇爾的《經濟學原理》，他就常自忖，不知道這棟房子長什麼樣子。大多數教授在自己著作的序言結尾，通常簽署的是服務機構名稱，馬歇爾卻在序末寫上自己家裡的住址。到現在，史匹曼還可以在腦海裡清楚看到那個地址，一如它出現在書頁上的模樣：

貝立奧莊

劍橋市曼汀里路六號

馬歇爾從牛津搬到劍橋，在很大程度上並非出於自願。他為新居取的名字，幫助自己舒緩了離開摯愛的劍橋貝立奧學院，所造成的打擊；遼闊的青翠庭院有著與世隔絕的氛圍，促使他在命名時，在貝立奧這個名字後面加上了「莊」字。

「我們早了一點點，」亨利・史匹曼對兩位同伴說。「你們覺得應該在這裡等，還是要直接登門拜訪？」

「我們約的是幾點？」佩吉問。

「九點整，」范恩回答。

「現在只差五分鐘就到九點了，我覺得應該讓對方知道我們已經到了。」

從房子側邊傳出的宏亮語聲，打斷了他們的猶豫不決。「你們是基、基、基金會的人嗎？

請快點上來，我正在等你們。」鄧肯・思林熱誠地揮手，向史匹曼夫婦及墨利斯・范恩打招呼，邀請他們從側門進來。

思林是個身材瘦長的英國人，年約六十多歲，身穿淺底深色方格紋襯衫，灰色羊毛長褲。他的友善出乎范恩意料之外，因為在書信往返中，他總是一副公事公辦的死板態度，現在見到本人，思林輕鬆的笑容與煥發熱情的舉止，讓客人感到很自在。

有種普遍的印象是，英國人是個沉悶保守的民族。這種觀點並不正確，英國人其實是個講究禮節的民族，古板沉悶是在某些情境所需時，才會展現的恰當反應，但是在其他不同的情境，卻可以產生全然不同的行為表現；英國人比起其他民族，更能夠幾乎毫無困難地做出這種轉換。鄧肯・思林知道，寫給陌生人的商業信函應該要用正式的格式，但他同時也知道，在面對面的交易買賣中，應該以輕鬆的氣氛，營造平和的談判協商。

經過一條狹窄的走廊之後，思林把客人領進二樓的起居室。「我認為在這裡談會比較舒、舒、舒、舒服。在看房子之前，要不要先喝點咖、咖啡？」

「來杯咖啡不錯，」佩吉回答。

「我也要，」范恩響應。

「我不用了，」亨利一副敬謝不敏的模樣，揮了揮手。他還沒習慣英國的咖啡，在他的感覺裡，英國咖啡喝起來像是融化的硬紙板，但他不得不承認，英國的茶比較好喝。

「要加牛奶和糖、糖、糖嗎？」思林問。

思林在說話時，常被明顯的口吃給打斷，但是與人閒聊的時候，這項語言上的障礙，顯然並不會讓他感到不好意思。事實上，他給人的印象恰好相反，言語中的停頓在他身上顯得很自然，就像銀白色的長髮一樣，是他個人特質的一部分。思林離開起居室前往廚房，三位客人舒了口氣，定下心來仔細打量周遭的環境。

有些房間會呈現內斂的氣氛，因而給人安全感，貝立奧莊的起居室就是這樣的一間房間。房子外部堅固的磚造結構，包覆裡頭結實的灰泥牆壁，牆面中段與天花板交界處所貼的裝飾木條，似乎擔負著支撐組織結構的任務。房內空間寬敞但不顯得空曠，這是鄧肯・思林和妻子用來招待朋友、同時也是家庭聚會娛樂的場所。在史匹曼的想像中，這裡很適合用來舉行小型宴會和小組討論。

思林用托盤盛著兩杯咖啡、糖、牛奶回到房間，把托盤放在玻璃桌面的桌子上，為佩吉和范恩送上咖啡之後，拉過一張木製搖椅坐下。

「這間房間真是漂亮，思林先生，」佩吉評論道，「非常雅緻——有種親切的生活感。」

「這個，確實有人在這裡生活過。三十年的婚、婚姻，還有四個小孩，製造了許多生活感；另外，當然了，你們可能更感興趣的是，馬歇爾全家在這裡生活了將近四十年，款待過像、像、像喬厄特[1]這一類的人。我會說，馬歇爾那個時代所有牛津和劍橋的經濟學家，可能都曾經在某、某、某、某個時候坐在這間房間裡。

「使用過這間房間的前人似乎應、應、應、應、應該讓我感、感到畏怯，不過幸運的是，我不是經濟學家，所以從來沒有被這間房子在學術、術、術傳統上的意義給嚇倒。幾乎每一個禮拜，都會有人提醒我，有某個他們認為比我更重要的人，曾經住、住在這裡。」

「他們如何讓你知道他們的想法呢？」亨利問。

「喔，你絕對想像不到，有時候是陌生人來敲門，問說可、可不可以參觀馬歇爾的書房或陽、陽、陽台；有些人、人、人乾脆在房子四周走來走去，透過窗戶往裡面看、看，還踐踏草地，好像這裡是什麼公、公、公共財、財產似的。然後還有很多人想拍、拍、拍、拍照。有些人會寫、寫信到這個地址，好像我不是屋主，而是管、管理人。全世界各地都有信來，上個月

譯註：

[1] Benjamin Jowett (1817-1893)，英國著名古典學者，以翻譯柏拉圖的著作而知名，是一位很有影響力的教師。

還有兩封從日本來的信。我、我、我妻子以前會回個簡略的說明，告訴他們這裡現在是我們的家，我們和馬歇爾夫婦一點關係也沒有。我們甚至遇到過有人詢問莎拉，後來才知道那是馬歇爾家的女傭。」

「說到這個，你們購買這棟房子的時候，有沒有連家裡的家具陳設也一起買下來呢？」范恩問道。

「沒有，我們買的是這棟房子和這塊地，就這樣。」

范恩不死心，繼續追問：「那馬歇爾的私人所有物呢？任何資料、信函、文件，或是屬於個人的紀念品？像這一類的東西，即使沒有金錢上的價值，也是我們基金會感興趣的材料。我的意思是說，有沒有任何馬歇爾那時候留下來的東西，我們或許可以弄個特別展覽，供參觀者觀賞？」

「恐怕沒有，」思林回答。「說起來，馬歇爾家確實留下一些東西，我太太和我發現了一些信，是馬歇爾寫給他母親的，還有一把生鏽的剃刀，我想是屬於他的，甚至還有一些舊照片——這些我們全部直接送到馬歇爾圖書館去了，我們不想把這些東西留在這兒。喔，對了，我想起來了，我太太在閣樓找到一些馬歇爾家留下來的衣服，就我記憶所及，全都送去慈善機構了。」

思林的語調一變，繼續往下說：「別誤會我的意思，是這樣的，貝、貝立奧莊不像國王學院禮拜堂，是每個劍橋遊客必定造訪的景點，不過你們這位馬、馬歇爾先、先生也有他的擁護者，我們一家人可以作證。」

「正是因為有這些擁護者，我們現在才會坐在這裡。」史匹曼說話的時候，坐的位置從沙發上往前挪。「據我猜想，來參觀的人裡面，應該已經有人告訴過你這件事，許多人認為馬歇爾對開創現代經濟分析居功厥偉。而這也是為什麼，范恩先生的基金會極力想要保存這棟房子，不只是為了做為可供拍照的古蹟，更是為了有效地紀念馬歇爾。」

「嗯，我知道這位先生是個重要人物。我是聖約、約、約、約翰的院士，我們學院的大廳裡，就掛了一幅馬歇爾的肖像，你們都知道，不是很多院士能有這樣的榮譽。當然啦，院長全都有畫像，每個院長都有，掛在學院裡的某處，連那些不、不、不怎麼樣的院長也有。但是教授的畫像不多，所以你剛才說的確實有道理。」

史匹曼注意到，思林以巧妙的方式掌控自己的口吃，彷彿是在說話時需要加強的部分，加以強調突顯。他猜想，思林會是個很能吸引聽眾的講師，把自己的障礙轉換為有利的條件。史匹曼想起一個朋友，安東尼‧迪吉里歐，他在小時候染上小兒麻痺，使得腿部嚴重畸形殘廢；後來迪吉里歐成了哈佛商學院的院長。

曾經有一次，史匹曼也在場，有人問迪吉里歐，在身體有缺陷的不利狀況下，如何能夠獲致這樣的成功。迪吉里歐的答案讓所有人感到意外：他的殘疾非但沒有妨礙他的發展，反而是種助力。罹患小兒痲痺症，代表他沒辦法和同年齡的孩子一起玩，而由於行動不便，無法和其他小孩玩在一起，使得他大半時間接觸的都是成年人。迪吉里歐領悟到，只要他不是太惹人厭，不論他想要做什麼，大部分成年人都很樂於協助他。他想學化學的時候，有位專業的化學家自願免費教他；他想學游泳的時候，因為沒辦法自己騎腳踏車去當地的游泳池，鎮上最優秀的游泳教練便主動提供指導；還有一次，他只不過表示了對油畫的好奇，鄰近城裡的一位藝術史學家，便提議要帶迪吉里歐參觀華盛頓特區的藝廊。史匹曼猜想，類似的原因或許可以解釋，為何儘管有著口吃的障礙，思林仍然在學術上取得極高的成就。

思林等到佩吉和范恩喝完咖啡，然後宣布：「我想現在該、該、該是參、參觀的時間了。」

思林有條不紊地帶領客人上樓下樓，裡裡外外探索這棟老房子，絲毫不放過任何一個細微的角落。維護狀況良好的櫥櫃和衣櫥，是從建築師約翰・詹姆斯・史蒂文森為馬歇爾家設計房子時流傳下來，未曾改變過。

思林安排的參觀之旅，包括二樓馬歇爾書房外的木製陽台，這個陽台位於房屋正面，使得整棟建築顯得獨具風貌。房子的每一個部分，都經過思林詳盡的解說，所有房間也都經過詳細的檢驗。

接著一行四人走出去看屋外的草坪，在草地的四周，都有高聳的灌木林圍繞。而庭院的某個部分，是熱愛戶外的馬歇爾，曾經坐在可以配合陽光角度的轉動台子上工作過的地方；指出這一點的時候，思林顯得格外興奮。

史匹曼評論道：「馬歇爾有這種新奇的發明，我並不驚訝。他有些最好的作品，就是在戶外完成的。」佩吉曾經聽丈夫說過，馬歇爾在西西里島度假的時候，是怎麼樣坐在旅館屋頂上，突然之間靈光一閃，想出了一個基本經濟學概念的故事，他把這個概念命名為「彈性」（elasticity）；馬歇爾的妻子瑪麗，曾經是他的學生，偶爾會幫助他的研究工作，她在回憶錄裡記述這件事時，描述她的丈夫當時「極度欣喜」。

「欣、欣、欣喜？不知道怎麼搞的，這不符合我對馬歇爾的印象。我必須先聲明，我從沒見過他本人。不過，根據我所看到的照片，感覺他是個嚴肅陰鬱的人，坐在那兒，眼神銳、銳、銳利，戴著頂瓜皮帽，好像下面應該要再搭配中、中、中國服飾。」

史匹曼回應道：「你對馬歇爾的感覺很可能是對的，我從沒聽說過他在社交場合中成為中心人物。不過發現彈性概念的時候是個特例，他一定是看到了這個概念的應用範圍之廣，忍不住感到自豪。」

四人回到屋裡的路上，思林裝作對這個議題很有興趣，問道：「你會如何評價彈性概念的發現？是不是相當於經濟學上的物競天擇理論，以劍橋的另一位傑出人物，達爾文為例？」

「不，沒有那麼偉大。在經濟學領域，能夠和達爾文理論媲美的，只有一項來自牛津，而不是劍橋人的創見。亞當・斯密的『看不見的手』，才屬於這種卓越的理論。」

史匹曼停下腳步，使得四人的行進隨之停頓。「不過你可別誤會，彈性的發現，相當於克里克與華生發現了DNA的雙股螺旋結構，讓經濟學家得以描繪價格的變動會如何影響到利益。舉個例子來說，若是沒有這項發現，貴國的財政大臣，就無法有根據地預測課稅對一國產出之影響。」

返回屋內，四人又巡視了地下室。最後一站是閣樓，史匹曼夫婦查問了屋頂的狀況，范恩則忙著檢視椽梁及地板。

從閣樓回到起居室之後，鄧肯・思林坐回搖椅上，三位來自美國的客人，也各自在先前的位置上就座。亨利翻閱著從公事包裡拿出來的文件，發出沙沙的聲響，接著開口：「就我看來，這棟房子的維護狀況良好，但我不是專家，我連換個燈泡都不太在行，這一點我那長久忍耐的太太可以作證。所以我沒什麼立場去評估像是暖爐、電路這一類的東西。」

范恩插話：「亨利，這點我倒不會太過擔心，我們可以請專門人士來評斷房子的這些部分。從房屋的布局可以看出，這棟房子能夠符合基金會的需求。尊夫人對這棟房子的狀況，可能比我們兩個都還要有概念。」范恩往佩吉的方向看。

佩吉對丈夫及范恩先生點點頭：「我認為這棟房子很堅固。從閣樓和地下室的狀況，可以看出很多事；主要樓層的問題可以掩蓋，但是頂樓和地下室卻沒辦法造假。」

墨利斯・范恩轉向主人：「我想這棟房子是我們要找的沒錯，現在剩下的問題就是，我們基金會要付多少錢，才能使你出讓貝立奧莊。當然，在做出任何最後決定之前，我想先和史匹曼教授商討一下，再給你答覆。」

「出、出、出讓貝立奧莊，對我而言不是件容易的事。我對這棟房子是有感情的，可是自從去年內人過世以後，住在這裡越來越顯得困、困、困難。有太多回、回憶，你知道的。我的孩子勸我應該在學、學院附近，找個舒適的地方搬過去，目前是還沒找到啦，還有很多時間可以慢慢找，我是這樣想的。不過要是出現很有吸引力的價格，我也不會拒絕。

「我曾在之前的信件裡提過，還有另外一個買、買、買主，很認真地考慮要買下這棟房子——主教學院的院長，奈吉爾・哈特。為了表示坦誠，我必須老實告訴你，我比較想讓學校的人保有這棟房子。我必須聲、聲、聲明，這並不是什麼反美情緒，只是我認識哈、哈、哈特很多年了。

「他打算在院、院長任內退休，認為這棟房子很適合退休後居住。當然啦，我們還沒談到價、價、價格，我的孩子告訴我，這塊產業賣一萬八千英、英、英鎊是合理的價格，我覺得應該是這樣沒錯。最近曼汀里路上另一棟房子——不像我們這棟保養得這麼好，也沒有任何歷史價值——就賣了一萬六千英、英鎊。

「當然，我不是經濟學家，你們認為這個價格合理嗎？」思林看著亨利・史匹曼，攤開雙手徵求意見。

「就算是馬歇爾本人，也沒辦法說出這棟房子的合理價格，不過他有可能會嘗試找出『適當價格』，也就是說，買賣雙方都能從中獲益的價格。」

亨利・史匹曼稍停片刻，又繼續往下說：「可能會有好幾種不同的價格，都符合這個條件，至於最後價格如何定奪，在某種程度上還要視雙方討價還價的技巧而定。」

「我從來就不是很會討、討價還價，但是我必須說，剛才我所報的價格相當堅定，我無法想像會有很大的讓、讓、讓步，」思林回應。

「喔，我倒是可以想像，」史匹曼看著思林微笑，一副神態自若的自信模樣，連佩吉都被丈夫嚇了一跳。

「這個，我不懂你為什麼會這樣說，當我說一萬八千英、英鎊的價格不會再變的時候，我認為我是很認真的。」思林回道。

「但是如果我告訴你，我準備出一萬九千鎊，那麼你的要價還會如此堅定嗎？」

思林起初看起來有點困惑，接著雙唇咧開，露出笑容。「啊哈，我了解你的意思了。增加一千鎊，就可以融化我堅、堅、堅、堅定的決心。」

「是的，所以說，你可以了解我們的難處了，」史匹曼依然對著屋主露出大大的笑容，「如果你對價格往上提升有這麼大的變通空間，我們又怎麼能夠確定，你對於往下降不會有同樣的變通空間呢？」

史匹曼站起身來，對著范恩打手勢示意。「在我們離開之前，墨利斯，你一定要告訴思林博士你昨天的驚險遭遇。」

英國紳士轉向墨利斯‧范恩。「什麼樣的驚險遭遇？先別說，我敢、敢、敢說我可以猜、猜得到。」思林的態度變得相當積極。「這種事情老發生在美國遊客身上，讓我來說說看，事情的經過是不是這樣的：你正準備過、過、過馬路，所以你往左、左、左邊看，看到沒有車子，就假定一切都很安、安、安全，於是你走下人行道的護欄，就在這個時候，差點被從另一個方向開過來的劍橋公、公、公車給撞到！」思林攤開雙手，擺出心滿意足的勝利姿態。「好啦，我說的對不對？」

「不是這麼『平』[2]的事；請原諒我的雙關語，」史匹曼回答。「跟他說說到底發生了什麼事吧，墨利斯。」

「昨天下午我發現，在河上泛舟不像看起來那麼安全。」

「怎麼說？」

「你知道聖約翰學院建築外牆臨劍河的那個轉角吧？是這樣的，我雇了條平底船和船伕，在划過那個地方的時候，差點被啞鈴給砸死。」

「啞、啞鈴？」思林不敢置信。

「呃，是的，二十五磅重的啞鈴。當然啦，剛砸到船上的時候，我對那是什麼東西一點概念也沒有。當時我坐在船頭，正回頭看著船伕；在那之前，我一直往前看著嘆息橋。當然了，我從沒想到要往上看，所以就在我往後靠的時候，發生了這起可怕的意外。我必須再強調一次，真的好險。那個啞鈴把我正前方的座位，完全砸得粉碎，幸好沒有砸破船底，害我們沉船。要是再重一點點，很可能就會砸破船了。到處都是碎木片。」

范恩繼續說著故事，眼睛睜得老大：「我一定要表揚那個船伕，他似乎憑本能知道，那個東西是從上面掉下來的，立刻把船推離牆邊。我嚇得目瞪口呆，根本什麼都沒想到，但是他想到了。我們兩個都搞不清楚發生了什麼事，但是他馬上就採取行動，避免同樣的事情再度發生。事實上我還以為，一開始的時候啦，我們是遭受什麼砲火的攻擊。你們絕對無法想像，二十五磅重的鐵塊，從三十呎左右的高度掉下來，那衝擊力會有多大。要是船的位置比當時再前進個兩呎，毫無疑問地，今天我就沒辦法到這兒來看貝立奧莊啦。」

「真是太可怕了！」思林驚嘆。「不可原諒，真的不可原諒！希望你有通知相、相、相關單位。」

「喔，船伕是有報告這件事沒錯，他說為了領取保險賠償，他必須通知警方。」

「我的意思是說大、大、大學校方——聖約翰學院校方。時下的大學生之不負責任，簡直到了無可救藥的地步。在我那時候，做這種事情是會被開除的，實在是太嚴重了。喔，我們當然有我們惡作劇和胡鬧的方式：房間靠河的學生，有時候會滴一些水，或是把枕、枕、枕頭往經過的人頭上丟，但是通常會伴隨著警告，像是喊一聲：『小心頭上！』當然喊的時候，底下的人已經來不及避開了，但是從來沒有人受傷過，完全是開開玩笑，好玩而已。」

譯註：

[2] 原文為pedestrian，有「行人的」和「平淡沉悶的」兩種意思。

「這當然是場意外，不是什麼惡作劇。很難想像，就算是最頑皮的學生，應該也懂得估量往某人頭部附近丟啞鈴可能造成的後果。」史匹曼的語調明顯表示，他認為思林推想的方向有誤。

「但是事情真的只有這兩種解釋嗎？」佩吉的問題，使得所有人把頭轉往她的方向。

「還有其他的解釋嗎？」范恩一臉茫然。

佩吉熱切地盯著他看，卻不立刻提供答案。

亨利捕捉到妻子推測的要旨，猶豫了一會兒，然後說：「不太可能。」

「什麼不太可能？」范恩詢問。

「我先生認為第三種解釋不太可能，」佩吉回應。

「那是……？」

「是有人刻意要攻擊你。」

「怎麼會有人要做這種事？」范恩輕笑出聲，笑聲裡卻透露著緊張。

「因為可能有人不希望你占據貝立奧莊。」

第六章　蛋頭先生定理

「哈佛大學創辦人約翰・哈佛畢業於劍橋大學，所以說我們今天的講者，和本校的淵源其來有自。除了在哈佛擔任教授，我們的特別來賓在經濟學領域中，亦得過幾項殊榮，在此我僅列舉兩個例子：美國經濟學會的約翰・貝茲・克拉克獎，以及傅爾布萊特獎學金。他的著作包括《通往均衡的替代方案》、《短期定價策略》，以及其他許多出版品。同時，他也為《國際評論》期刊執筆撰寫專欄。

「今天下午呢，史匹曼教授演講的題目是『共產主義的未來』，或許不是所有人都有興趣了解這個主題，但是我相信演講內容必定會有發人省思之處。

「我很榮幸能夠代表經濟學演講社，為各位介紹亨利・史匹曼教授。他同意遵照我們平常的形式進行：先是三十分鐘的演講，再接著三十分鐘的問答時間。」

結束開場介紹後，學生社團主席讓出講台的位置，坐了下來。

史匹曼演講的場地，是劍橋大學的達爾文廳。階梯式的講堂內擠滿了人，沒有座位的學生，則站在教室後方，或是坐在兩條從講台向外呈扇形擴張的走道上。沿著最遠的那端牆壁，靠牆排列著檔案櫃，裡面存放的學校信件，年代可以上溯至一百年前；菸草形成的薄霧，在天窗射進的光線照射下，高高懸掛在橢圓形的天花板上。

從他所占據的有利位置，史匹曼的視角往前延伸，看著前方呈半圓形排列的一排排座位，每一排座椅的後背向後延展，成了下一排學生的桌面；在後牆的檔案櫃上方，看不到傳統的教室時鐘，而是一輪相當大的達爾文紀念獎章。突出懸吊於後牆上方的，是一個小包廂，可以容納將近二十五人的座位，那裡同樣也坐得滿滿的。如同史匹曼所預期的，主要由學生組成的聽眾，一如平常，吵吵鬧鬧地閒聊著，直到主持人站起來介紹講者，然後英國人彬彬有禮的氣質開始發揮顯現，史匹曼起身對著全神貫注的聽眾致詞。

由於主辦單位沒有在演講台設置加高的墊腳裝置，以至於靠近講台的部分聽眾，只能看見史匹曼光禿的頭頂。

「我的演講題目『共產主義的未來』，這是個充滿了危險陷阱的題目。早期的幾個經濟學家們試圖預測未來：傑逢斯預測煤的短缺，將使這種能源在英國的價格攀升至天價；李嘉圖預測英國的勞動力分布中，農業人口的比例將會成長；亞當・斯密預測，個別存在的獨資企業，將會取代商業組織中的股份有限公司形式。所有這些經濟學家都是思想界的巨人，但是他們都錯了。

「傑逢斯沒有估算到科技的進步，產生了引進替代能源的重大變革；李嘉圖無法預見科學與工程學在農業上的運用；亞當・斯密沒有料想到，金融市場和法律機構，最終會提供大型企業由內在機制而發的管控。

「這幾位經濟學家，每一位都是最出色的學者，然而每一個人的預測都不正確。

「我當然不會自認有資格和上述幾位學者平起平坐，但是我卻對自己的預測很有信心，我相信我的預測和他們不一樣，最終會證明是對的。

「這不是因為我比他們更有學問，也不是因為我能夠獲得的資訊比他們多，甚至也不是因為，從他們的時代到現在，經濟學，做為一門科學的學科，有了長足的進步。所有這些人的錯誤，其實是非戰之罪，他們沒有看到的，其實是沒有人能夠預見的因素，也就是所有經濟體系都會遭遇的，隨機的外生衝擊（exogenous shock），亦即來自外部的衝擊力量。

「無論這些不可預料的變因如何變化，我的預測都將維持準確：共產主義的未來絕不會受到科技進步或發展遲緩的影響，不會受到良好的氣候或自然災害左右，也毋須擔憂戰爭或和平，或甚至政府領導人是賢是愚。重要的是，一個經濟體系的制度，是否能夠引導其中的人，走向更具生產力、更能滿足自身慾望的道路，用亞當・斯密的話來說，就是『讓人活得更好』。由於共產主義無法達到這項標準，所以共產主義的未來可以肯定是毫無希望的。」結束了開場白，史匹曼停頓了一段頗長的時間，低頭看著講桌，彷彿在繼續往下逃說之前，要先看一下筆記，但是這並不表示，他沒有注意到自己的開場白所造成的效果。

有時候在演講當中，身體所感覺到的氣氛，會比眼睛所能看到的東西更加真實；而此刻，在史匹曼演講的教室中，便可以明顯感受到聽眾之間的張力正在升高，雖然這種氣氛並沒有訴諸於嘲弄的行為展現，甚至也沒有反映在坐立不安或交頭接耳的竊竊私語當中，但從許多聽眾臉上的表情，就可以充分感受到那股緊張氣息，他們的表情明明白白在說：「你不是認真的吧？」

清楚意識到聽眾情緒的史匹曼繼續演講，闡述他的論點。他知道劍橋曾經是大經濟學家凱因斯活躍的學術據點，今日則是阿吉・陳代瓦可、奧莉維亞・海爾、奈吉爾・哈特等人的根據地；這些都是左派的經濟學家，支持全面的政府干預與計畫經濟。據史匹曼所知，其中有些人根本是馬克思的忠實仰慕者，另一些人則偏好無所不包的社會福利政府。

這些教師對劍橋學生產生了深遠的影響；這並不是什麼令人意外的事，年輕人本來就容易受到影響。然而，史匹曼主張共產主義無法維持的論點，卻與他們的想法背道而馳，學生都急著拿這位美國訪客的演講內容，與自己導師的教誨相比較。這種氣氛並沒有讓講台上談得起勁的史匹曼感到擔憂或畏怯，他熱愛與人辯論，在脣槍舌戰中如魚得水。

「看來我所分配到的三十分鐘即將結束，所以且讓我在此下個結論。我知道我所提出的看法，不是所有人都能夠接受，但是事實並不能夠經由投票表決驗證；殘酷無情的歷史，將會裁定誰是對的，誰是錯的。

「今天我其實沒有做出什麼明確的預測，因為我無法準確地指出，共產主義何時會垮台；但是共產主義必定崩潰，這一點我很肯定自己是對的，一如我很肯定地知道，你們當中至少有一部分人並沒有被我所說服。好啦，現在誰要來丟第一塊石頭呢？」

史匹曼走到講桌旁邊，擺出放鬆的姿勢，拿起準備給他喝的那杯水，穩穩抓著杯子，喝了一大口水，然後點向第六排高舉的一隻手。那是奈吉爾・哈特。

「史匹曼教授，如果美國相信共產主義將會垮台，那麼為什麼你們還要在西歐部署飛彈與氫彈呢？假設，這只是為了討論而做的假設，俄國和美國開戰，結果在你們消滅俄國之前他們就先消滅了你們，也就是共產主義獲勝，資本主義落敗，請問你又要怎麼解釋你的論點呢？」

奈吉爾・哈特以挑釁的態度，向史匹曼提出他的質疑，引發了一波鼓掌喝采，其中最響亮的掌聲，來自坐在他隔壁的奧莉維亞・海爾。

史匹曼來回搖著頭，臉上掛著天使般無邪的笑容回答：「共產主義不會因為在戰爭中打敗西方世界而獲得成功。就這點來說，共產主義的崩潰，與世界其他任何地方是否存在資本主義無關；如果共產主義社會無法產出人民需要的商品與服務，這一點我相信是沒有疑問的，那麼就算軍事武力再強盛，也無法維持一個本質上不可行的體系。共產主義完全不符合我們所知的，關於人類行為動機的一切。」

說到這兒，史匹曼停頓片刻，但不是為了讓其他聽眾提出問題，反而繼續補充說明：「在美國，有種流行的說法：『東西沒壞就別急著修』，我想這句話可以推而廣之，引申得出：『已經壞了，有時候也就不用修了』。我把這稱為『蛋頭先生定理』[1]，詳細的概念請聽我解釋。

「問題不在於蛋頭先生從牆上摔下來之後無法復原，這根本不是問題所在，問題是在蛋頭先生本身的基礎結構。打從最開始，他就不應該坐在牆上，但他卻在牆上來回擺盪，搖搖欲墜。中央集權的主政者每一次過猶不及的校正，都只是離均衡越來越遠，直到蛋頭先生摔下來，碎成片片。就算出動國王所有的馬兒，出動國王所有的部下，或是傾盡商業化的公司企業、政府機構或大型基金會的全力，也沒辦法讓蛋頭先生復原，讓他回到牆上……」

這個時候，史匹曼中斷了他的答覆，轉身背向聽眾，假裝正在把一顆超大型的蛋，放在高牆上，然後再轉身面向觀眾，停了一下。

接著，他以舞台獨白的方式，誇張的撮唇發出「碰！」的一聲。

奧莉維亞・海爾從座位上站起來：「史匹曼教授，如果我們可以把戲劇表演和童謠先放在一邊，我想要請問一個和經濟學有關的問題。你的整個命題假設的前提是，資本主義比共產主義更有效率。首先，我想我們必須明確定義何謂效率。一種常見的解釋是，效率代表生產力的充分發揮，以最低的合理成本生產製造，商品得以廣泛流通，讓所有消費者享用。但是在我們現在所享受的體系當中……」當奧莉維亞講到「享受」這兩個字的時候，語氣有種微妙的強調，接著又以加上引號似的嘲諷口吻，補充說道：「如果我們現在可以說是在享受的話……」她停頓了一下，接受零碎的掌聲，然後繼續往下說：「……在勞動力與資本兩方面，現在都有尚未使用的資源，生產成本高昂，商品流通分配不均，只顧及有錢人的需求。在這個資源極其

譯註：

[1] Humpty Dumpty Theorem。Humpty Dumpty為鵝媽媽童謠中的人物，原本是一道謎語，要大家猜，坐在牆上的Humpty Dumpty是什麼，謎底是蛋；但後來流傳甚廣，人人皆知坐在牆上的是「蛋頭先生」；這個角色也曾出現在《愛麗絲漫遊仙境》的故事中。

珍貴的世界裡，如此浪費的系統，應該沒有什麼足以倖存的價值。」

她指向後牆上的達爾文紀念章說道：「看到這個，就會想起適者生存的理論；難道經濟學所告訴我們的，不是最有效率者生存的概念嗎？」

史匹曼猛烈地左右搖著頭：「不，不，不，我不接受妳對私有化市場經濟體系的描述。在私有化的市場體系中，資源會用在消費者最迫切需求的部分，而消費者的喜好並不完全相同。妳稱之為浪費的，我會說那是多樣化所必須付出的成本。只要人有不同的喜好與品味，就會有各式各樣不同的產品，來滿足這些需求。」

史匹曼回答的時候，奧莉維亞・海爾始終保持站立的姿勢。「真是太有啟發意義了。在資本主義制度下，富人開跑車，窮人騎腳踏車，完全是因為他們有不同的品味。」

「問題不是品味不同，或收入不同，或品味與收入結合之後的結果，」史匹曼回應，「重點是，在市場體系中，收入不是靜止的。有收入，也會有損失。我們全都可以舉出許多案例，有錢人變成窮人，或是窮人變成有錢人的例子。」

奧莉維亞的手臂向外朝著觀眾一揮，像是她正對著這群聽眾演講示意，而不是在對史匹曼說話。「啊，是的，史匹曼教授所讚揚的，資本主義中崇高的平等，在我小時候讀到的一首詩裡面，是這樣描述的：『正直的或不正直的人，頭上都有雨點落下，但是雨大多落在正直的人頭上，因為正直的人的傘，在不正直的人手上。』」聽眾裡面的學生發出表示欣賞的輕笑，奧莉維亞・海爾臉上掠過一抹滿足的神情。

受到鼓勵的她，向史匹曼丟出另一道問題：「你對中國有什麼看法？」

「關於這個問題，我的回答和把題目換成紐約的答案一樣：可能是個值得遊覽的地方，但是我並不想住在那裡。」

海爾回嘴：「或許你沒有認真想過這個問題，但是我提出中國這個主題，是有嚴肅的意涵的。讓我說得更清楚一點：中國女性會自備容器，從商店的大缸裡，盛裝面霜回家用。一種配方，價格合理，所有人不分貧富貴賤都可以用。沒有廣告、沒有品牌、沒有花俏的包裝，所有這些都會增加成本，使得產品價格超出窮人所能負擔——以至於只有富有的人，臉上才有資格塗抹化妝保養品。

「基本的服裝與食物供給，也是同樣的道理。中央集權的計畫，享有規模經濟的優勢，所以基本的商品與服務，可以廉價地製造，使所有人得以享用。未來是屬於這樣一套體系的，你不同意嗎？」

「當然不同意。我的看法和妳天差地遠，海爾博士。沒錯，如果只有一種品牌的面霜，如果沒有其他選擇，人們會想要他們能夠獲得的東西。但是，這絕對不等於他們得到了想要的東西。我和妳之間最根本的觀念差異，在於滿足消費者的需求。」

奧莉維亞‧海爾還想反脣相譏，史匹曼卻轉身不再看往她的方向，發話表示：「請右邊這位男士發問。」這個年青人名叫戴摩‧凡爾。

凡爾提出問題的過程中，並沒有站起身，而是一直坐在位置上，但是全體聽眾都可以聽到他所說的話：「有個部分我不太了解。根據我所讀到有關蘇聯經濟體的資料，統計數字顯示他們的國民產出（national product）在不久的將來，將會超越美國的國民產出，我記得是這樣沒錯。我的問題是：這些統計資料，似乎與您今天所提出的分析不一致？」

史匹曼朝凡爾的方向，嚴肅地點點頭：「你剛才所說的完全正確，我一點也不懷疑，你曾經看過這樣的統計數據。但是我必須提醒你，統計資料有兩種：一種是調查所得來的資料，另外一種是編造出來的資料。在蘇維埃的產出統計數字中，那些編造出來的資料根本不值得參考，你所查到的是無意義的數字。

「且讓我舉幾個例子給你聽。在共產主義制度下，生產者成就的衡量方式，不是產生了多少利潤，因為這是資本主義的制度；也不能靠消費者的滿意程度來衡量，這一類標準被視為中產階級、資本主義式的標準，所以無法接受。取而代之的，是一套非常不同的衡量標準。這些目標由中央計畫者決定，有時候是重量，有時候是單位數量。要是產出成果依據重量來衡量，生產者就會傾向於製造過重的產品；如果依據單位數量來衡量，又會傾向於把產品製造得太小或太過輕薄。結果是，大型吊燈把天花板整個扯了下來、屋頂鐵皮被風一吹就飛走、鐵釘做得跟大頭針一樣大，或者乾脆做一根特大號的巨無霸鐵釘。還有很多其他可以列舉的例子，不過我的重點是，計畫經濟的一大問題在於，不能夠只看GNP（國民生產毛額），來判斷這個國家的人民到底是生活得更好還是更不好。」

等到史匹曼的回答完全結束，學生主席從座位上站起來，身體向前傾，越過演講台。「各位先生女士，只能夠再開放一個問題了。我們好像還沒點到包廂裡的人。梅茲格博士？」

阿諾・梅茲格在伊曼紐學院教授法學，他先是伸手拂過額前頭髮，然後身體向前靠在包廂欄杆上，緊張兮兮地用手指扭著一綹頭髮。「史匹曼博士，我不是經濟學家，但是我認為你的邏輯很有說服力。然而，有件事讓我感到困惑，假設你的預言是正確的，為什麼大部分的知識份子，還會這麼支持共產主義呢？至少在英國，與你持同樣看法的人可說是鳳毛麟角。」

「不知道閣下的意思，是說我是個怪胎，還是說我物以稀為貴？」史匹曼幽默地表示。

聽眾心領神會的笑聲，聽在史匹曼耳中如同仙樂。他在演講前就知道，自己將要面對一群批判性很高的聽眾，史匹曼很早以前就學會了，幽默是化解敵意的最佳良方；但是幽默有時也會帶來反效果，遇到聽眾徹底的沉默以對，只會使情況更糟。不過他的冒險通常會有回報，預期見到山精鬼怪的聽眾，發現他其實是個活潑的小精靈。

接著他換上嚴肅的面容，看著阿諾・梅茲格的方向。「你剛說到知識份子的態度，其實沒什麼好驚訝的。說到人性，有件事是可以肯定的，那就是人永遠會把自己的利益擺在第一位，知識份子也不例外。在中央主導的社會中，一定要有人負責指揮全局，而知識份子認為他們就是該負責主導指揮的人，得以享有在資本主義經濟體系中，屬於成功企業家的那種地位與尊榮。舉例來說，在蘇維埃集團經濟體系裡，經濟學教授搖身一變，成為中央經濟的規劃者，住的是城裡最高級的公寓，在鄉下還有別墅，出門都會有司機開禮車接送。有些特別的商店，只有高級官員才能進去，裡面可以買到各式各樣的進口奢侈品，包括——請恕我多嘴——赫蓮娜和露華濃的化妝品，那些中央計畫者迫不及待地搶購這些進口商品。」

說到這兒，史匹曼向奧莉維亞・海爾做手勢示意，兩人的目光相遇，空氣頓時有如通了電。「有任何人真的會相信，即使是短暫片刻的相信，我國那些共產黨官員，會拿著空的容器走到商店，從公用的大盆子裡，盛取不知道是什麼成分的面霜嗎？我可以向妳保證，海爾教授，這種事情絕對不會發生。」

第七章 劍橋辯風

「繫好安全帶吧，各位。今晚會是個顛簸的夜晚！」賈德・麥當勞領軍，朝著奧莉維亞及錢德勒・海爾夫婦的住所前進，史匹曼夫婦跟在後面。賈德高瘦細長的骨架，使他走起路來有種從容漫步的姿態，和史匹曼跨出的急促大步伐形成對比。

在抵達目的地之前，賈德轉過身，對著史匹曼夫婦模仿《慧星美人》裡的貝蒂・戴維斯；誇張的表演，是為了嘗試使局面顯得輕鬆些，但同時也包含警告的意味。下午演講的時候賈德也在場，看到了奧莉維亞・海爾和亨利・史匹曼之間通過的高壓電流，他預期演講結束後，在海爾家舉行的社交聚會裡，會有更多電流出現。

「你不會是今天晚上湖裡唯一的食餌，亨利，」賈德說。「我去過不少次類似的場合，只能說我同事有著食人族的進食習慣；他們連彼此的肉都愛啃。」

「這種情況不會嚇到我們，」佩吉・史匹曼插話。「我漸漸發現，這是學術圈裡的生活趨勢。」

亨利・史匹曼補充說道：「別擔心，賈德，大部分學者都是來勢洶洶，擺出一副南美食人魚的氣派——結果通常證實只是小魚一隻。」

「也許是。不過還是要小心點，別落入哪隻在海爾家客廳打轉的大白鯊嘴裡，」賈德如此回應。

史匹曼夫婦搭賈德的便車，然後從賈德停車的地方，三人一起走過了好幾條街。大學附近總是很難找到空的停車位，賈德停車的時候一面向史匹曼夫婦道歉，要經過長途跋涉才能抵達海爾家，一面指著停在他們正前方的車子，說明那是奈吉爾・哈特的車，顯示即使地位崇高如院長，待遇也不比他們好到哪裡去。儘管奈吉爾・哈特是學院的院長，但是在蘭斯菲爾德路上，他的頭銜對於縮短步行前往海爾家的距離，一點幫助也沒有。

賈德、佩吉、亨利三人朝著一棟兩層樓的磚房接近，房子看起來很堅固，馬薩式屋頂上，面街開著三扇老虎窗，門框和窗緣全部漆成了蛋殼白；屋脊正中央立著銅製的風向器，形狀是奔馳中的馬；鵝卵石鋪成的環狀車道，同時肩負通往大門人行道的功能。

三人還沒來得及敲門，前門已經打開，錢德勒・海爾招呼他們：「請進，快請進！」海爾領著三位客人往裡面走，賈德邊走邊為海爾引見史匹曼夫人，經過一條短短的走道，到達已經聚集了其他客人的客廳。

「要喝點什麼呢？」海爾的目光首先落在史匹曼夫人身上。佩吉要了杯乾雪莉酒，賈德和亨利則偏好琴湯尼。「我會幫你們把飲料拿過來，在這段時間內，要請賈德你好心幫個忙，陪史匹曼夫婦到處轉轉，可以嗎？這裡幾乎每個人都聽了下午的演講，但不是每個人都有被介紹給史匹曼夫婦認識。」

他們周旋於人群中，互相介紹認識的時候，佩吉認為自己看到了一張熟悉的面孔，而那張面孔也在幾乎同一時間看見她，兩人開始朝對方前進。

「我知道大家都說這個世界很小，但是也未免太小了點，」阿迪絲・霍恩驚嘆道，然後又回頭爭取護花使者的注意：「葛雷漢，你看是誰來了。你還記得去看邊沁展覽的時候，遇到的那對美國夫婦吧？」

葛雷漢・卡頓從另一邊的談話中告退而出，加入佩吉・史匹曼與阿迪絲的陣容。

「能夠再見到妳，真是個令人愉快的驚喜。妳先生就是那位大家都在談論的講者嗎？我必須坦白承認，前兩天在倫敦，我沒有聽得很清楚你們到底姓什麼。」

「我們姓史匹曼，不過你不用介意，我對於名字的記憶力也很差，」佩吉回答。「是什麼風把你們二位吹到劍橋來了?你們有人是這裡的教職員嗎?」

「沒有,我們住在倫敦,」阿迪絲回答。「葛雷漢是倫敦的戲劇製作人,我是奥莉維亞・海爾的編輯,服務於麥錫凡出版公司。奥莉維亞和我是好朋友,她常常邀請我參加這一類的活動。我猜想妳是陪妳先生來演講順便旅遊的吧?」

「不完全是,至少這不是我們的主要目的。我們參與了一項計畫,和劍橋這邊的一塊房地產有關。我先生接受了芝加哥范恩基金會的邀請,擔任顧問。」

「范恩?芝加哥?墨利斯・范恩?」卡頓發出一連串疑問。「我相信我以前和他有過生意上的往來。」

「喔,我看到桂格力・薛帕在那邊,」阿迪絲打斷了談話,「他是我喜歡到劍橋來的另一個原因。希望妳和妳先生今晚有機會能夠認識他;事實上,你們應該去他在劍橋的書店看看,史學和社會科學是他的強項。」阿迪絲以謹慎的動作,示意佩吉注意客廳遙遠的另一邊。「沙發後面,塊頭相當大的那位男士,不知道妳看不看得到——那就是G・薛帕,這裡大家都這麼叫他。」

佩吉小心翼翼地往旁邊瞥了一眼,越過客廳,她看到一個頸粗胸厚,腮幫子肉多到下垂的男人,她猜測那就是薛帕。

「他旁邊那個，長得很有特色的朋友是誰？穿著尼赫魯上衣[1]的那個？」佩吉詢問。

「我跟他不是很熟，他不屬於麥錫凡的簽約作者，我知道他大部分的作品都以論文形式出版，不過他是這所大學的經濟學台柱之一，他的名字是——呃，叫什麼來著？——是個印度名字，我想不太起來了。」

就在這時候，佩吉注意到她的丈夫在賈德的引導下，走去和他們正在討論的那位男士說話。佩吉向同伴告辭，往亨利的方向前進。

「喔，佩吉，快來見過陳代瓦可博士。」亨利的手比向印度紳士。

「大家都叫我阿吉，不過如果妳堅持，也可以叫我陳代瓦可博士，」他對佩吉露齒而笑。

「我很懷疑有人會這樣堅持，」佩吉說。

「兩年前阿吉和我在鹿特丹一起參加了論文發表會，」亨利表示。「你還記得那次會議嗎，阿吉？有幾個評論人根本沒有讀懂你的論文，你對他們展現出無比的寬容與耐心。」

「我相信你一定讀懂了我的論文，亨利，但是我也知道，你並不同意我的論點。」

編註：

[1] Nehru jacket，一種高領緊身上衣或外套。

「讀懂一篇論文是一回事，同不同意裡面的論點又是另外一回事；但是要決定是否同意，首先必須要能夠讀懂裡面在說些什麼。你的評論人連第一關都過不了，所以在嘗試闖第二關的時候失敗得一塌糊塗，這是我對當時的印象。」

「這段道德說教，比你今天下午的演講精彩多了。」奧莉維亞・海爾經過史匹曼身後時，無意間聽到他對評論人的評語。

當史匹曼看清楚是奧莉維亞之後，露出了大大的笑容：「考慮到這話出自誰的口中，我不敢確定這算不算是恭維。」

「本來就不是。」

奧莉維亞・海爾並不像那些典型的女主人，認為在自己主辦的社交聚會中，應該打扮得漂漂亮亮的。以今晚為例，她穿著不怎麼搭配的女裝上衣加背心、寬鬆的便褲及涼鞋，稀疏灰白的頭髮往後梳，挽成一個圓形的髮髻，使她看起來像老祖母似的。光看外表很難想像，奧莉維亞直言不諱的強勢反駁，在許多場合使對手只有猛搖頭的份，讓任何曾經認為女性不適合學術圈激烈生存戰的人，都感到肅然起敬。

「從你對資本主義那令人耳目一新的天真擁戴看來，顯然你不太熟悉我的論證，資本主義在邏輯上並不可行，我已經證明了這一點。然而，我不怪你在這方面的知識不足，美國經濟學家的孤立偏狹，尤其是哈佛和MIT的學者，已成為經濟學領域的恥辱。」

史匹曼準備反脣相譏，卻被女主人粗魯地打斷。「聽你為無可辯護的東西辯護，實在很沉悶。說真的，史匹曼教授，今天下午我們已經聽得夠多了，讓我們換個主題，談談你可能比較有概念的東西。我還沒聽你提過，決定資本主義或社會主義勝出的最重要因素，一次也沒有。」

史匹曼努力保持笑容：「妳想說的是？」

「當然是利率。」

奧莉維亞・海爾在此提出的主題，曾經在劍橋學者當中引發了激烈的爭論（即使到現在仍是如此），以至於幾乎所有經濟學家都分成對立的兩派。一派是以奧莉維亞・海爾、奈吉爾・哈特、阿吉・陳代瓦可為首，繼承凱因斯的看法，主張利率是種貨幣現象；另外勢力較小、飽受圍困的一派，則持續遵循馬歇爾和皮古（A. C. Pigou）的學說，把利率視為「實質」現象，賈德・麥當勞即屬於這一派。

爭端當中的兩派人馬互相叫囂、攻擊，在學院裡製造了濃厚的對抗意識，使得學術氣息受到嚴重的侵蝕。在劍拔弩張的情勢下，數十年交情的老友割席絕交，大部分時間浪費在耍弄政治手段、集黨結派，各自尋求更多知識份子的支持。

到底是什麼樣的爭議，使得原本如田園詩般寧靜安詳的劍橋學術圈，掀起了如此軒然大波？

說起來可能令人難以置信，但是這一切竟然全都起自利率──應該要付出多少利息做為換取貨幣的代價，一方面是決定貨幣供給量的中央銀行政策運作的結果，另一方面，人民想要掌握多少現金在手上，也會影響利率水準。這種訴諸於貨幣理論的解釋，是凱因斯所採取的立場。

但是對於在劍橋曾經擔任過凱因斯老師的馬歇爾而言，利率是一種實質現象，也就是說，利率取決於人民存了多少錢可供借貸，以及大眾借了多少錢而定。這種看法稱為「實質」理論，因為儲蓄是種節儉的表現，而節儉又與實質成本有關：放棄今日消費商品所能獲得的快樂，等到將來再享受這些樂趣；同時也是因為借錢的人，特別是公司行號，願意付出的利息不會超過用借來的錢購買機械所能夠產生的、實實在在的實際利潤。

在這場爭論中占據重要地位的另一項要素，是意識型態的差異。自從凱因斯過世後，他的門徒極度左傾，雖然在利率理論方面繼續維持信奉凱因斯學說，但同時又擁抱馬克思主義，做為社會弊病的解答。如果利率如同凱因斯所主張的，是人為製造的現象，那麼對馬克思主義的信徒而言，由投資者、銀行家、資本家所組成的整個依靠利息維生的階層，都成為不必要的存在，在經濟上難逃滅亡的命運；這種觀點，便稱為馬克思凱因斯主義（Marxo-Keynesians）。

「所以說，史匹曼教授，利率的概念在解決我們的爭議上，扮演關鍵性的角色，但是在今天下午的演講中，你卻遺漏了這點。當利率接近零的時候，金融業者或資本家想要不勞而獲，可就沒那麼簡單了。」

奧莉維亞轉身，僅以側身面對亨利，同時扭過頭從肩膀上對著這位小個子的客人，拋下臨別贈言：「是啊，資本主義有可能倖存……不過只有一部分能夠倖存！留下來的會是沒有任何資本家的資本主義！」

「正如我所料，」戴摩・凡爾說道，「飛刀出鞘啦！」這位主教學院的院士，聽到了奧莉維亞與亨利的談話，而且聽得津津有味。「奧莉維亞剛剛海削了史匹曼一頓。」

凡爾說話的對象，是擠在吧台附近的一組四個客人，他的觀察評論沒有引發任何迴響，沒人想要接話，於是他很快脫身加入另一組客人。戴摩・凡爾的表現，像是他所說的每一句話，都讓所有聽眾深深著迷，這種狂妄自大的特質，引起了奈吉爾・哈特的注意，急切想要招來這位年輕的院士加入他的談話圈。

史匹曼夫婦逐漸融入派對，他們注意到整個晚上奈吉爾・哈特和錢德勒・海爾沒有交談過半句話，兩人甚至刻意保持絕不置身於同一個談話圈，但是要做到這一點，他們兩人的目光便不得不時常交會。

在劍橋大學的經濟學圈子裡，消息靈通的人士都知道，奧莉維亞和奈吉爾長期以來維持親密的關係，而身為丈夫的錢德勒卻始終容忍默許。在這個年代，學術圈裡出現三角關係並不是什麼希罕的事，可是要忍受三角關係中的第三者，公然出現在自己家裡所舉辦的社交聚會，這種狀況就極為罕見了。

錢德勒・海爾早已將人事派任與升遷的生殺大權，轉移到妻子手中，自己則是繼續從事總供給函數（aggregate supply function）的研究，偶爾和陳代瓦可聯名出版作品，同時負責指導耶穌學院的學生，每個學年有兩個學期，開課講授貨幣與利率。

來上課的學生，接受的是錢德勒獨樹一幟的教學法，他會用二十分鐘左右的時間，複習上一次上課的內容，然後才開始講解今天所要上的新材料，可是講沒多久，錢德勒就會很驚訝地發現，上課時間已經過了一大半，於是他又會花十五分鐘對學生解釋，下一次上課預定要做些什麼。結果是整堂課只有大概十分鐘左右，能夠上到有用的課程。因此學生人數寥寥無幾，停在教室外的腳踏車數量屈指可數。

至於當天傍晚在派對上，後來亨利發現佩吉在和奈吉爾・哈特聊天。史匹曼對哈特的作品不是很熟，不過他很快就觀察到，在雞尾酒會這樣的場合中，哈特的表現並不像奧莉維亞那麼具有侵略性。他告訴史匹曼夫婦，年輕的時候，他曾經在哈佛待過一年，擔任研究員。他一副迫不及待的模樣，想要談論那時候認識的教授和學生。

「你們一定要告訴我，老高最近的狀況怎麼樣，」哈特問道。「我稱高伯瑞為老高，好像我和他很熟似的，其實沒有，不過他自己有一次跟我說，我可以叫他老高。他大概是哈佛最有名的教授了，這一定讓有些人很不高興。」

「我只有在教職員會議，還有每年六月畢業典禮他所舉辦的派對上，才會看到他，所以恐怕沒辦法提供你什麼訊息。不管怎麼說，他的名氣無庸置疑，最近我終於拜讀了《富裕社會》[2]，因為有太多學生問我這本書裡的東西。」

史匹曼換了個話題，詢問哈特最近的工作內容，可是哈特似乎不想談論經濟學的研究。史匹曼知道哈特和奧莉維亞一樣，都是支持馬克思凱因斯主義的理論家，在劍橋致力推展這套典範；哈特比其他學者都更堅定地相信，馬歇爾—皮古派的殘黨，在劍橋大學沒有任何立足之

譯註：

2 《富裕社會》（*The Affluent Society*），高伯瑞（John Kenneth Galbraith, 1908-2006）的著作，中譯本有兩種，分別為湯新楣及吳幹、鄧東濱合譯。

地。

奈吉爾・哈特與奧莉維亞・海爾有著共同的目標，一心一意想要證明資本主義是行不通的——在現實中，他們相信這將成為不證自明的事實，而在理論上，他們亦努力不懈尋求證據。為了達成這個目標而奮鬥的哈特，從不放過採用各種謀略布局的機會，以鞏固左派總體經濟理論。他知道，在學術世界中，概念的供給在某種程度上，是勞動力投入供給的函數；他要「他的人」掌握劍橋的重要位置。

「戴摩！」這聲呼喊出自奧莉維亞，她坐在客廳另一邊的白色沙發上，旁邊坐的是阿吉・陳代瓦可。「請挪動你那張娃娃臉到這兒來，跟阿吉說說看，你之前是怎麼對我說史匹曼教授的演講的。」

戴摩・凡爾才剛開始發表意見，賈德・麥當勞就過來問奧莉維亞：「奧莉維亞，妳知道這個派對幾點會結束嗎？我不想提早帶走史匹曼夫婦，這樣會很失禮，可是我必須負責送他們回旅館，吃點東西當晚餐。」

「喔，這很難說，賈德。」奧莉維亞從沙發上站起來。「有時候這種事情不是人力所能掌控的。不過如果你必須帶我們的美國客人先離開，我和錢德勒完全可以理解。還有，很感謝你帶史匹曼夫婦過來，希望沒有太麻煩你。」奧莉維亞對賈德裝出一副彬彬有禮的模樣。

賈德並沒有上當，他知道，只要劍橋大學的人事委任權還掌握在海爾—哈特—陳代瓦可這個鐵三角組合的手中，他就別想從高級講師升為正教授。

馬克思凱因斯主義的陰影，已大幅改變了劍橋的風貌。賈德曾經假想，若是馬歇爾和皮古在今日復生，恐怕連這些巨擘都無法通過左翼份子的濾網，躋身於教授之列。

然而，這並不表示新古典學派的經濟學理論完全後繼無人，事實上，還是有幾個擁護者存在，其中有些和賈德・麥當勞一樣，是相當優秀的學者。但是，「均勢理論」並不適用於今日的劍橋，只要奧莉維亞、哈特、陳代瓦可聯合其他一、兩個他們那邊的黨羽，拉攏選票，表決時立場一致，馬克思凱因斯主義就可以持續壟斷劍橋教職的任命與升遷。

沿著蘭斯菲爾德路走回車子的路上，賈德問亨利對劍橋的經濟學圈有何看法。

史匹曼一開始沉默以對，然後嘆了口氣答道：「有點可悲，有點詭異。」

第八章 痛失貝立奧莊

墨利斯・范恩踏著輕快的腳步，走進藍野豬旅館的大門，往那道狹窄的階梯前進，準備登上他所住的樓層時，聽到櫃臺的接待人員喊他的名字：「不好意思，范恩先生，這裡有封給您的信。」不到五分鐘前，信差才剛送了這封信來，上面寫著：「曼汀里路六號，貝立奧莊」。范恩認出這潦草的字跡，是出自鄧肯・思林的手筆，心頭浮上不好的預感。

范恩昨天和思林分手的時候，說好還會再由亨利・史匹曼、他本人，以及貝立奧莊的主人共同聚會討論一次。他知道這棟房子有另一個買家——奈吉爾・哈特正在觀望，儘管如此，他還是滿懷希望，在期待這筆交易成功的心情下，范恩已經準備好了需要用到的文件，預定明天和亨利・史匹曼再度拜訪思林。

為什麼思林要在碰面前和他聯絡呢？或許是為了要通知他好消息，告訴他奈吉爾・哈特打消了念頭，他可以買下貝立奧莊了。另一方面，思林在這個關頭送信來，也可能是為了傳遞壞消息，整個交易就此無疾而終。如果是那樣的話就太糟糕了。儘管知道有可能得不到貝立奧莊，范恩還是抱持極高的期望，甚至已經開始想像得到這棟房子後的種種計畫。

他心不甘情不願地打開信封，讀到下面這段話：

范恩先生　鈞鑒：

因情勢有變，擬取消明日之會面。今天早上敝人已決定將貝立奧莊售予奈吉爾‧哈特，尚祈貴基金會與來訪諸位見諒。敝人之考量如下：

哈特將於春季卸下主教院長職務，搬離院長公館。如您所知，敝人亦將於同時自大學教職退休，時間上正好能夠互相配合，而貴基金會則無疑希望能夠立刻接手。雖然哈特博士不像貴基金會有完善的計畫，但他的進住將使貝立奧莊維持與劍橋的關係，相信各位亦將樂見這一點。

順帶一提，結果敝人的要價果真向上展現了相當的彈性，在一開始所宣稱的堅定立場之上，又多加了五百英鎊的價格，事實證明史匹曼教授確實是對的。

順頌

時綏

鄧肯‧思林　敬上

墨利斯・范恩把這封信讀了兩遍，嘆了口氣，走向內線電話。幾秒之內，亨利・史匹曼的聲音便出現在電話線的另一端。

「亨利，還記得大詩人彭斯是怎麼說的嗎？『人也罷，鼠也罷，最如意的安排，也不免常出意外！』我剛接到一個壞消息，思林決定要把房子賣給奈吉爾・哈特了……對，我很失望，我本來希望明天可以談妥這件事……這個，就我看來，似乎已沒有必要這樣做，他已經下定決心……沒有，我收到他送來的信，手寫的，剛剛才拿到。如果你願意下來，可以自己看，我在旅館大廳……下一步？我想你和佩吉應該照計畫回波士頓去……不，這不是任何人的錯，我很感激你的鼎力相助，但是看起來貝立奧莊打從一開始就和我無緣。記得那起平底船意外嗎？或許我早就該從這件事得到暗示。」

「呃，佩吉確實表示過，可能有人不希望你得到貝立奧莊。」亨利試圖以開玩笑的方式，幫助范恩振奮心情。

「尊夫人實在很有先見之明啊，亨利。」

第九章　院長公館

「你不能把馬修斯安排在布蘭夏旁邊啦，他們兩個會打起來。把馬修斯和巴特菲爾德排在一起，把布蘭夏放在貝瑞勛爵旁邊，然後我會說，最好讓朱利安坐在伯沙的右手邊。如此一來，我們就完成了可行的高桌晚宴座位表。」

主教學院的院長奈吉爾・哈特，正和學院總管品恩先生一起，在察看主桌的座位表。學院廚房負責準備供應食物及飲料，在這個部分出了任何差錯，都由學院總管負責處理；贊助這場晚宴的學會，則負責提供餘興節目，若有任何怨言，都由新任會長承擔；但若是賓客的座位安排出現相見不歡的尷尬情境，那就是哈特必須要負責了。

奈吉爾・哈特是劍橋學院院長的典型：他是個傑出的經濟學家，成就配得上劍橋大學在經濟學的卓越地位；同時他也深諳說話的藝術，在劍橋夙負盛名的脣槍舌戰中表現毫不遜色，他的殷勤招待，使得院長公館成為客人流連忘返的所在；還有，他具備了當代對院長職位的要求——他是個成功的募款家。

「您要我把賓客從公館請到餐廳嗎，院長？」品恩詢問。

「是的，高桌成員會先在圖書館喝點雞尾酒，直到七點左右。如果可以，請你在大概那個時間過來，宣布請大家前去用餐。然後我希望你能引導這批人到餐廳，而其他賓客會在餐廳裡等候。」

排定座位順序，讓哈特鬆了口氣。誰坐在誰旁邊，是道難解的社會學計算題，需要纖細敏感的巧思才能解開；對於用餐時隔壁同伴的安排，大學教授可能和歌劇名伶同樣喜好無常。哈特並不喜歡這項工作，但他仍然盡力做好，希望能夠避免賓客之間的衝突，尤其是因衝突而產生的壓力，會干擾到他享用頂級波爾多紅酒的樂趣。

每當完成一件討厭的例行雜務，哈特總會躲進圖書館尋求安慰，因為他熱愛書，熱愛書的一切——拿在手上的質感、陳腐的霉味、書的外觀。書本可以給他安全舒適的感覺，沒有其他任何事物足以比擬；再加上一杯波特紅酒及上好的雪茄，他的圖書館就成了全世界沒有任何地方及得上的聖殿。

主教學院院長公館的圖書館，位於房舍較新的東翼，增建於十七世紀晚期，風格古典，橡木層板是從美洲進口，西面和南面牆上的書架足足有十四呎高，為了方便取用上層的藏書，架設了一道柚木做成的梯子，上端勾在書架頂上，下面鋪設移動的軌道。

圖書館的東牆上，陳列著歷代院長的肖像，照說現任院長應該要能夠背出歷任前輩的生平；隨著每一世紀過去，這項任務變得越來越艱辛。

在當上院長之前，哈特就是一位極富鑑賞力的藏書家，蒐羅了許多十七和十八世紀的經濟學短篇出版品。而在他的收藏品當中最足以自豪的，還是那將近五百本，過去兩百年間牛津與劍橋的經濟學家所親筆簽名的初版題獻本。這批藏書是哈特收藏品中的精華，和其他數百本書籍（有些是為了專業所需而購置，有些則供個人消遣之用），填滿了院長公館圖書館的書架。

自從五年前接下院長職務開始，哈特投注在收藏書籍上的心力便大幅衰退，這是必然的現象。經濟學小冊子沒增加幾本，而雖然他盡量維持完整的題獻本收藏，但是越來越沒時間去看古董書商所製作的目錄，更別說親自到二手書店瀏覽二手書架上的書籍。現在，已由他的秘書負責為新增收藏編目歸檔，完成這項曾經是他親自包辦並引以為傲的工作。

有一本書，是哈特今晚特別渴望詳閱的，裡面有今天晚上的討論可能用得上的材料。他沿對角線穿越房間，抓住梯子兩邊的扶手，無聲地滑到正確位置，從容不迫爬上最頂層。他確切知道那本書的位置，幾乎連看都不用看，就伸手拿到了他要的那本書。哈特瞥了眼書上的作者名字：傑若米・邊沁。

哈特就這樣保持停留在梯子上的不安定姿勢，匆匆翻閱那本書，直到看到一段熟悉的文字才停了下來，在心中默唸：「自然將人類置於兩大力量的支配之下：痛苦與快樂。」

❖ ❖ ❖

「如果史匹曼在演講中所說的是對的，我們可以推斷，就算希特勒在世界大戰中獲勝，英國的生活到頭來也不會有太大的改變。」隸屬主教學院的年輕數學家麥爾康・戴倫巴區從杯中輕啜了一口酒，院長公館舉行的雞尾酒會已經開始了。

艾布隆姆斯太太一副不敢置信的模樣，這位解剖學資深院士之妻回答：「你不是認真的吧？」

「我可是認真的，瑪莎。妳聽到他的演講了，我有看到妳。他的主張，說真的，無可避免會導致這樣的推論。

「我們這樣看吧，他說蘇聯帝國總有一天會解體，也許甚至在我們有生之年就可以看到。如果希特勒占領了英國，同樣的情況也會發生在納粹身上，不管怎麼說，他們的經濟體系中有大量的中央指揮管控，納粹份子就是極端的國家社會主義者，記得嗎？所以說到最後，英國的生活結果是差不多的。」

「對猶太人來說，怎麼可能會差不多呢？」艾布隆姆斯太太反問，臉上還是維持同樣的懷疑表情。

「這個嘛，確實是個問題。」戴倫巴區承認。他停下來想了一會兒，然後繼續說：「但是我們不要因為這個問題，而偏離了史匹曼所要陳述的重點：中央計畫的政權無法持久，所以對抗這類政權的戰爭，可能操之過急。奧莉維亞・海爾應該認同史匹曼主張中的這個部分，就我看來，這個美國人真正要說的是，冷戰完全是沒有必要的。」戴倫巴區對自己在辯論中重新站穩腳步的表現，似乎感到相當滿意。

但是瑪莎・艾布隆姆斯不吃這一套。「蘇聯政權或許不能持久，可是和德國人比起來，俄國人的伎倆極為拙劣。德國人開的船，是很不一樣的，他們可以控制荷蘭、法國、英國，全部從柏林發號施令，掌控很久的時間。麥爾康，要不是因為我們打贏了，今天你就不是站在這兒，而是在不知道什麼地方踢正步了！」瑪莎・艾布隆姆斯以倨傲的態度，堂而皇之地轉身離開吧台，留下戴倫巴區抿著下唇，不知道自己的邏輯在什麼地方脫了軌。

院長公館裡的其他客人，受到的待遇較為親切友善，其中大部分都是邊沁學會的成員。在院長舉辦的派對結束後，他們將在餐廳共進晚餐。奈吉爾・哈特利用這個場合，順道邀請了一些和學會無關的客人，趁機履行院長的職責；戴倫巴區便是其中一位。

劍橋學院的院士，通常會留心注意自己和同事被邀請參加院長公館聚會的頻率。哈特記得自己剛到劍橋擔任導師時，對於誰被邀請了幾次有多麼的敏感，所以現在他盡量寬待主教學院中較年輕的學者。

G・薛帕也在院長邀請的客人之列，雖然他既不是主教學院的院士，也不是邊沁學會的成員，而且奈吉爾・哈特對薛帕並不需要承擔任何社交上的義務。哈特之所以邀請他，是因為他喜歡有薛帕作伴，因為他們兩個在劍橋求學的時候，曾經參加過同一群菁英社團。此外，哈特也很欽佩薛帕對書籍的知識，喜歡和他談論有關書的事情。

劍橋最著名的一家古董書店，就是薛帕開的，而哈特最珍視的一部分藏書，便是來自薛帕的書店。往往是由薛帕主動打電話給哈特，通知他購入了一項貼切吻合院長收藏的新商品；偶爾哈特也會打電話給薛帕，諮詢薛帕的意見，該不該購買其他提供者向他展售的書籍。

「我看到你新買了一本很乾淨的《福利經濟學》，皮古的作品。我有好一段時間沒看到這本書在市面上流通了，你是從哪兒弄來的？」薛帕和哈特並肩漫步走過圖書館的東牆時，身為書商的薛帕注意到哈特藏書中新增的皮古作品。

「這本只是初版的再刷版本，不過我認為還是可以買。你絕對猜不到我是從哪裡弄到這本書的。」

「某棟房子的閣樓裡？」

「事實上，是在一艘平底船上發現的。」

「平底船？」一時間薛帕還以為老朋友是在拿他尋開心。

「實際上，不是我發現的，而是一個撐船的年輕人，他知道我有收集經濟學書籍的嗜好，就把書拿來給我了。某天有人把書留在他的船上，後來也沒回來找，所以他就以十英鎊的價格賣給我。」

「我會說你撿到便宜了。如果是我的話，至少會要你掏出十五英鎊才賣。」薛帕打趣道。

二十位左右的客人繼續談天說地，品恩在賓客間周旋，遞送開胃小菜和新的飲料。哈特任薛帕留下來檢驗皮古的作品，自己去和那些還沒有互動機會的賓客談話。

奧莉維亞・海爾的登場姍姍來遲，但是並沒有因此而顯得低調。「奈吉爾，奈吉爾，親愛的，你看，我們終究還是趕到了。」有些人以正常音量說話的時候，聲音就可以響徹整個房間；奧莉維亞・海爾正是這種人。

奈吉爾・哈特大步邁向圖書館入口，迎向正在等待他的客人。「晚安，奧莉維亞。妳好嗎？很高興見到你，錢德勒。」哈特維持正式場合的禮貌語氣。「快請進，還有時間喝杯飲料，和大家交流。」

雖然錢德勒・海爾在劍橋學院的職位高於奧莉維亞，但這是校園中厭女症運作的結果。早在他們結婚之後沒多久，兩人建立國際性的名聲時，奧莉維亞的光芒便已掩蓋丈夫。他們的婚姻是劍橋流言蜚語與諸多揣測的主題，奧莉維亞和錢德勒訂婚時芳華正盛，吸引眾多的追求者，最後卻接受錢德勒的求婚。她的外表和才華，加上她在男性主導的經濟學領域中逐漸崛起的學術地位，讓她迅速成名，吸引了許多年輕男性，甚至在婚後也不乏追求者。對於這些追求她的人，奧莉維亞甚少嚴詞拒絕，因而她和丈夫的婚姻很快就名存實亡。

海爾夫婦仍然住在一起，固定參加社交集會，但彼此之間卻漸行漸遠。

在奧莉維亞的學術生涯早期，她和奈吉爾・哈特便因為共同研究景氣循環中的短期變化，而走在一起。這項工作吸引他們投注大量的時間與心力，連去科茲窩（Cotswolds）健行的途中，兩人都在爭辯經濟波動的理論基礎。奧莉維亞的丈夫對這個主題卻沒什麼興趣，他的研究方向和奧莉維亞不同。

奧莉維亞從品恩向她遞過來的托盤上，拿起一杯香檳。環顧室內，她認出了年輕的戴倫巴區，便毫不猶豫地朝他走去，留下丈夫與院長在原地不自在地交談。

❖ ❖ ❖

華倫・索恩看起來比實際上要來得高。舍監的制服由黑西裝、黑領結、白襯衫、圓頂禮帽所組成，讓他在過去兩年中開始稍顯佝僂的瘦小結實身材，在視覺效果上增添了三吋的高度。他灰色的頭髮已轉為將近全白，而他戴的眼鏡現在可以看出有著明顯的厚度，但是他的心智卻一點也不糊塗，依然保有劍橋舍監出名的一項特質，也就是細緻入微的觀察力。

身為主教學院的資深舍監，華倫・索恩今天抱持的是公事公辦的心情，學生也看得出這一點。他叫得出每一位學生的名字，而且通常是在入學的第一天就記住了。在學生到傳達室來領取信件或留言時，他往往會一個個和他們打招呼。

這間傳達室既是主教學院的門戶，也是學生約會碰面的熱門地點。患了思鄉病的學生，同樣可以在學校舍監荷蘭大叔式的嘮叨教訓中，得到安慰；在許多學生心中，主教學院灰色的滴水獸和尖塔，並不會自動取代他們所熟悉的英式住宅外觀。對於那些來到這所夙負盛名的學校，在令人畏懼的環境中感到有點不知所措的學生，索恩特別懂得如何和他們交朋友，幫助他們適應環境。

距今不是很多年前，索恩和他的同僚有著與現在全然不同的職責。在學校扮演代理父母角色的年代中，舍監是宵禁的守門人；晚上十一點以後要進入校園，代表你必須攀牆而過，而如果想要接待異性進入自己的房間，必須在舍監不知情的狀況下偷偷進行。

那樣的日子如今已成往事，現在華倫・索恩擔心遊客的行為，更甚於擔心學生；劍橋學院的舍監不再是道德守門員，而是更需要非凡的個人特質組合。

如果要招募華倫・索恩的接班人，刊登的工作描述可能會是如下的部分內容：

徵求：個性溫和謹慎，觀察力敏銳，人格高尚之人才，擔任劍橋大學學院之接待兼守門人，必須能夠與來自全球各個角落、各年齡層的學生及遊客保持良好關係。在此列舉部分正式工作內容，包括：分類存放學校郵件、受理轉達院士及學生之留言、簽收包裹、張貼各式表格及公告、監管學校大門之人員出入、維護校園治安。非正式工作可能包括：治療思鄉病、心理諮商、提供基本禮儀規則忠告、講述學校歷史與傳說等相關故事、深入了解主教學院之人事物等內幕消息。

「你今天似乎有點緊繃喔，索恩。」湯姆・皮克特對上司發表這樣的評論。皮克特擔任助理舍監已經兩年了，很了解索恩的情緒。

「從前的星期天和星期一是很安靜的日子，曾經有一段時間，你可以在這兩天稍微放慢腳步，但是現在再也不行了，這年頭永遠有源源不絕的觀光客，今天是法國來的小學生，明天是義大利人。住在G棟的學生，又開始往撐船的人頭上潑水。昨天晚上我接到了三起腳踏車失竊的報告。簡寧斯說今天生病了不能值晚班。然後院長又說，為了今天晚上的大活動，我們要把一切都弄得妥妥貼貼的。」華倫・索恩並不是個愛發牢騷的人，但是這位有著三十年經驗的資深舍監，此刻不再沉著。

華倫・索恩走出傳達室，沿著磚砌的走道，大步邁向院長公館；他接到指示，只要倫敦送來的大型條板箱一到，就要立刻通知哈特。運送過程有些延誤，索恩知道院長一直很擔心，可能抵達時間會趕不及晚餐的開始。院長若聽到倫敦來的貨車已經停在學院門口，一定會鬆了口氣。

索恩走進院長公館的入口，聽到嘈雜喧嘩的人聲，他找到了總管，對他說：「東西到了，品恩。貨車終於抵達了。」

「你自己進去告訴他吧，他會很高興聽到這個消息。」品恩回答。

「你確定這樣沒關係嗎？」

「當然沒關係。」

索恩進入圖書館，看到哈特召集了大部分的賓客圍繞在他身邊，聚集在房間的南端。哈特似乎在展示說明些什麼，索恩緩緩移近了些，但仍然保持距離。

奈吉爾・哈特正在炫耀一冊藏書，賓客顯現出不同程度的興趣。

「……很明顯，馬歇爾的《經濟學原理》，只有少之又少的幾本，在書中有作者的親筆簽名，而這一本就有他的簽名。很棒對不對？保存狀態完美，出處一流。你們之中應該有不少人聽過，皮古常重複的那句宣言：『一切盡在馬歇爾』（It's all in Marshall.）。皮古完全相信，在經濟學領域中遇到的任何問題，都已在馬歇爾的《經濟學原理》中討論過了。『一切盡在馬歇爾』——這就是他一而再、再而三對每個人說的話。」

在劍橋，若是出現任何向馬歇爾致敬的言行，一向是奧莉維亞・海爾大加韃伐的對象，即使出自奈吉爾・哈特之口，她也不會放過貶損這種英雄崇拜的機會。

「喔，一切盡在馬歇爾，說得好，」奧莉維亞輕蔑地表示，「一切瑣碎不重要的事盡在馬歇爾。如果你想知道為什麼一杯茶只要六便士，但是一品脫的啤酒卻要賣超過一先令，就去查馬歇爾啊，好像經濟學談的就應該全都是這種事。但是如果你想知道窮人困苦的境遇，千萬不要查馬歇爾，這位先生對於什麼是真正重要的事，沒有一點正確的比例概念。馬歇爾根本分不清小麥和稻草。」

「妳舉的例子恰巧是搬石頭砸自己的腳，奧莉維亞。馬歇爾確實清楚知道小麥與稻草的不同。」賈德・麥當勞從哈特手上接過書，迅速翻閱，不到一分鐘就找到了。「我要找的就是這一段，注意聽：『考慮到聯產品（joint products）的情況，亦即難以分別生產，而是來自同一生產源，或可稱之為擁有共同供應源的產品，例如小麥與稻草。』」

「謝謝你了，賈德，你剛才證明了我的話，」奧莉維亞的話中充滿諷刺，「馬歇爾不停地談論小麥和稻草，可是誰會理會這些東西啊？」

「如果妳是窮人，妳就會在乎，」麥當勞回答。大家都知道，挑戰奧莉維亞・海爾需要很大的勇氣，這段對談顯然已經引起整群賓客的關切。「稻草的需求量增加，會使麵粉的價格下降，而麵粉價格下降，又會導致麵包的價格下降。」麥當勞說話的時候字字發音清晰，彷彿是在對一個遲鈍的學生講課。「如果妳只買得起麵包充飢，那麼妳最好要關心稻草的需求。」麥當勞啪的一聲闔上書頁，把那本馬歇爾的《經濟學原理》放在奧莉維亞・海爾的手上，然後朝向剛走進房間、當晚預定發表演講的特別來賓方向前進。

華倫・索恩與麥當勞擦身而過，小心翼翼地擠進賓客圍成的圈子，低聲告訴院長：「倫敦來的大箱子到了，先生。」

「啊，這真是個好消息。就依照去年我們採用的程序辦理吧，索恩。」說完，奈吉爾・哈特又轉身對賓客發表談話。

「邊沁學會的各位朋友們，在此很高興地宣布，我們現在可以前往演講廳，和其他人一起聆聽一年一度的邊沁演講，之後我們全體將會在餐廳用餐。我已經請戴倫巴區陪伴各位前往會場，我個人則會在不久之後加入各位的行列。」

第十章　邊沁學會的晚宴

「講者說完了嗎？」一位從牛津開車過來，剛剛抵達、顯然已遲到的邊沁學說信徒，詢問正站在演講廳門外抽煙的奧莉維亞‧海爾。

「喔，她早就說完了，可是她還繼續在說！」

牛津學者不太確定地對著海爾皺了皺眉頭，把門推開一條細縫窺探裡面，然後悄悄潛進陰影處，在後排找了個位置坐下。由於他的遲到，他所聽到的只有：「所以我們可以再一次看到，回溯邊沁的學說，讓邊沁帶領我們沿著正確的道路前進，至今仍然是極有幫助的做法！」

然後是禮貌的掌聲。

❖　❖　❖

「這個，你覺得怎麼樣呢，阿諾？」兩位邊沁學會的成員，正和其他人一起走向舉行晚宴的餐廳。

「當然沒有去年那麼好。但不管怎麼說，她提到了最重要的一點。」

「是什麼？」

「她主張人沒有辦法從一項工作中獲得樂趣，這裡指的是邊沁所說的快樂，完成工作獲得快樂的同時必定伴隨著痛苦。她宣稱邊沁所說的兩大力量，痛苦與快樂，並不像某些人所詮釋的那樣，是對立的兩極。我的理解是，她要說的是，痛苦是快樂的必要條件——除非一項工作在完成的過程中非常不愉快，否則無法從中獲得真正的滿足。我認為這種見解很有道理。」

阿諾‧梅茲格一邊向前走，一邊在腦海中構思足以闡明論點的例子。他轉過頭來繼續說道：「如果一本書水到渠成自己寫出來，誰會因為寫了這本書而感到自豪？」梅茲格很滿意證實了自己的論點，往前走的時候手放在背後，眼睛盯著前方的磚造通道。

「廢話，全都是一派胡言。」戴摩‧凡爾完全不接受梅茲格的看法。「我想接下來你就會告訴我，公立學校應該重新採用鞭刑，這樣一來學生會更喜歡所受的教育。」

「這倒不失為一個好主意。」梅茲格回答。

「喔，你真的這樣認為嗎？」凡爾臉上顯出驚愕的表情。「我可以想像得到，」凡爾開始栩栩如生地模仿，揮動前臂喊著：「咻、咻、咻，皮給我繃緊一點，你這個小混蛋。」「喔，謝謝你，老師，你讓學字母變得好有趣喔！」

凡爾的模仿極具天分，阿諾從他的表演中所獲得的樂趣，幾乎彌補了在辯論中落敗所感到的痛苦。

❖　❖　❖

主教學院的餐廳裡，已經按照工作人員稱為「中級」晚餐的規模，擺好餐具：每張盤子都配有十件銀餐具。如果是重量級的晚餐，是十四件一組，輕量級則是七件。這次邊沁學會的聚會，安排了五十五個座位，占據餐廳約一半的空間，代表工作人員有很充分的空間可以調配運用。

院士專用的高桌，今晚用來充做主桌，裡面有幾個座位，是屬於出現在哈特雞尾酒會上的幾位賓客；除了院長之外，主桌成員還包括邊沁學會現任與已經卸任的幹部、當天晚上的講者，以及他們所邀請的特別來賓。高桌擺放的位置稍微往旁邊挪動了一點，好容納之後將會搬進來放在桌子右側的，用布遮蓋起來的大型物品。

「啊，菜單在這兒。讓我來看看今晚我們可以享受到什麼樣的樂趣吧！」G・薛帕在桌上的席次牌旁邊發現了菜單，便把它拿起來並打開，津津有味地研究了起來，同時表示贊許。

「好，太好了，」他想著。他轉向左手邊的同伴：「我看到我們的第一道菜佐的是Pouilly Fumé[1]，選得真是太好了，你知道：不甜，但是有果香。」

「這個部分我必須依靠你的專家知識指導，我對於酒類實在沒什麼概念。」艾布隆姆斯博士說道。

坐在艾布隆姆斯博士左邊的，是紐南學院的歷史學高級講師，迪娜・杜赫，她一邊檢視菜單，一邊低聲含糊地對自己、也是對艾布隆姆斯說：「法國人在烹飪上所享有的盛名，其實來自他們的語言。在英語裡面就是找不到足以匹配的遣詞用字。」

她繼續發表言論：「我的意思是，看看今晚的主菜：Terrine de Caille aux Asperges，用法文念起來是多麼優雅，我們的說法『蘆筍湯』就是差了一截。

「如果我媽對我爸宣布，今天晚餐的內容是Paupiette de Sole Florentine，結果送上來的是魚和波菜，我爸一定會認為她開了個很大的玩笑。

「Sorbet aux Céleri et Cerfeuil，聽聽看法國人是怎麼說冰凍芹菜果子露的！

「Filet de Boeuf á la Benjamin，嗯嗯，這道菜要怎麼說呢？我們會說是『鮮蔬燴牛肉』！

「然後還有Meringue aux Fruits，聽起來多麼高雅！印在紙上是多麼美觀！不過意思其實是，當然啦，我們全都會在用餐中的某個時刻，吃到送上來的什錦水果沙拉。

「法文的canapé給人多少想像的空間，光這一個字就能產生什麼樣的韻律感！說穿了，其實就是起司配餅乾。

「Sherry Trifle聽起來真是高雅，不過可別期望太高，這是水果布丁的意思。

「Petits Fours，Café。這真是法文的顛峰之作。不過話又說回來了，我們是要騙誰啊？這是說在餐點最後，全部人都有咖啡和甜點。」

不論賓客的食慾已經被提升到何種程度，晚宴卻遲遲沒有開始的跡象；不等院長出現就上菜，是很不成體統的事。

「有人看到他嗎？」邊沁學會的會長詢問坐在主桌的每個人，主桌的院長座位上空蕩蕩的。

「雞尾酒會之後就沒看到了。我甚至不能肯定他有沒有來聽我演講。」當晚的講者如此回答。

譯註：

1 一種高級白酒。

「派個人去和總管或廚房的人員確認一下，」會長開始發號施令。「我認為不論如何，晚餐應該要開始了，有些會員還要跋涉很長一段距離才能回到家。」

一個服務生被指派前往院長公館，確認院長是不是在那兒，他回來的時候報告，奈吉爾・哈特並不在公館裡；事實上，品恩表示，他以為院長早就離開公館，前往用餐的場地了。舍監駐守的傳達室裡，也沒人知道哈特的行蹤。

會長最後終於決定：「很遺憾，我們沒辦法再等他了，必須現在就開始。大家都就座了，該是把老傑若米推出來的時候了。」

劍橋大學的傑若米・邊沁學會，是由邊沁的朋友及其追隨者所成立。他們遵照邊沁遺囑中明確而詳盡的指示，在每年舉行的盛宴上，總是安排邊沁的自體聖像到場。以下是邊沁遺囑中的相關條款：

> 設若本人之朋友或其他追隨者，在一年當中之某日或某些日子舉行集會，其目的在紀念創造道德與法律最偉大幸福體系之創建人，本人之遺囑執行人，必須將上述之盒子或容器，連同其中之內容物，運送至集會之場地，設置於集會房間內全體成員認為適當之位置。

大學學院很樂於協助劍橋大學，每年都允許學會搬運裝有邊沁遺體的大型紅木箱。

學會會長宣布集會開始，同時抓住覆蓋箱子玻璃表面的防水布一角，而箱子裡面裝的是邊沁的自體聖像。「邊沁學會的成員及朋友們，多年前我們的創建人承受了巨大的痛苦，才能讓各位在今天晚上得以享受有他陪伴的快樂。」

會長俏皮的評論，引起一股偷笑的暗流；在笑聲中防水布緩緩拉向旁邊。

起初是一片死寂。

然後是驚訝的抽氣聲。

最後是一聲尖叫。

戴摩・凡爾昏倒了。

攤坐在邊沁椅子上的，是奈吉爾・哈特，嘴角掛著一絲血跡，大大的草帽底下，無神的眼睛茫然凝視前方。

第十一章　致命的無異

夏雨，讓麻州劍橋愛普敦街上住宅的草坪，轉為一片田園牧歌般的綠。新刈的青草味，穿過史匹曼家的前窗，鑽進這棟維多利亞風格的老房子；廚房裡的收音機，傳出史提夫與愛蒂的歌聲，唱著他們最新的流行曲：

二十一俱樂部的午餐，你看著菜單
不要夏洛蒂蛋糕，來顆無花果吧
突然又突然之間，成了小姑娘與小伙子
預感有什麼重要的事即將發生

「我想我會選擇夏洛蒂蛋糕。不過話又說回來了，寫歌的人並沒有告訴我們這兩種食物的相對價格。」亨利．史匹曼一踏進後門，就迫不及待地發表評論。「或許我該用這兩種商品，做為經濟學理論課堂上的範例。我的學生大概已經厭倦蘋果和柳橙的例子了。」

「亨利，你的學生很可能不知道什麼是夏洛蒂蛋糕，而且我也懷疑，他們是不是看過新鮮的無花果，大概只看過各種加工過的乾燥無花果吧。我看你最好還是堅守蘋果和柳橙的例子。」

「妳的意思是，我的學生都是烹飪文盲嗎？」

「不是，這是缺乏接觸的問題。他們不會在二十一俱樂部那種地方用餐，而是在牛津燒烤吃飯。要是他們不在乎體重問題，會叫一大客香蕉船，否則就點一盤什錦水果沙拉，可是你要怎麼把這些東西寫進歌詞裡？」

「這不是什麼不可能的任務，親愛的，讓我想一想。」史匹曼用手撫摸下巴，閉上了眼睛，然後又張開了眼睛。

「這個怎麼樣？」他開始荒腔走板地唱了起來：

簡便快餐店的午餐，你看著菜單
不要豪華香蕉船，來碗什錦水果

突然又突然之間，成了小女生與小男生
預感這將會是最完美的組合！

亨利即興創作的歌詞，讓佩吉笑得合不攏嘴。「亨利，或許你可以拋棄蘋果和柳橙，改用你的甜點範例，不過為了你的學生好，記得用講的就好，千萬不要用唱的。」

「妳說的對，佩吉，因為這首歌並不能表達我要說的重點。」

「什麼重點？」

「重點是，香蕉船與什錦水果沙拉的選擇，必定有許多種不同組合方式，產生的效用對我的學生而言是一樣的，亦即任兩種組合產生的效用『無異』（indifference），無論選擇哪一種組合都一樣。拒絕聖代冰淇淋，接受一碗什錦水果，這是一種很深奧的消費行動，馬歇爾稱之為『尋常的生活事務』。能夠破解其中奧妙之處的人，才能做出這樣的選擇。不管怎麼說，一個人要如何克服效用上的無異，做出選擇？這個過程很難化為理論上的解釋。」

史匹曼停頓了一下，然後嘗試解釋：「任兩種商品不同數量的每一種組合，其所帶來的幸福快樂，都會有另外某種組合方式與之相等，所以，消費者如何在效用相等的各種組合中作選擇，是經濟學所能提供的偉大洞見之一。」

「噯，我希望你別介意，」佩吉的發言含有結束這段講課的意圖，「今天晚上的甜點選擇只有一樣：波士頓奶油派。」

「波士頓奶油派對我而言向來『無異』於珍饈美食啊。」

在史匹曼家餐廳享用晚餐，通常是愉快的經驗。史匹曼夫婦和大部分幸福快樂的已婚夫婦一樣，會利用晚餐時間表示對另一半當天活動的關心，同時分享明天的計畫；但是最近這種樂趣被沖淡了不少，因為房裡凌亂地堆放著工作梯、防水布、桌上型電鋸、油漆罐。

定居於這棟歷史可追溯至祖父輩的房子十二年之後，史匹曼夫婦決定應該做些整頓，正在進行的工程包括新的屋頂、增建前門門廊陽台，以及浴室翻修。

「我要問你一件事，」佩吉一面說，一面把辣根醬遞給丈夫；亨利喜歡吃這種調味料配罐裝鹹牛肉和甘藍菜。「承包商今天跟我說，浴室裡如果要裝兩個洗臉台的話，就沒辦法做分離式的淋浴間。如果我們把蓮蓬頭和浴缸裝在一起，就有空間做兩個洗臉台。你認為我們應該怎麼做？」

「你是說，我們的選擇是一個洗臉台加分離式的淋浴間，或者是我們兩個人一人一個洗臉台，但是沒有分離式的淋浴——是這樣子的交換條件嗎？」

「當肯先生是這樣跟我說的。他說他已經很仔細地研究過平面圖了。」

「我不太確定比較喜歡哪一種，」亨利回覆。「妳的感覺呢？」

「這個嘛，我想我對這件事也是無異的。」

「他有沒有給你這兩種做法的估價？」

「有，我把估價寫下來，記在某個地方了，可是現在一時想不起來哪一種比較便宜。」

此時，電話鈴聲打斷了史匹曼夫婦的討論。

「我來接，亨利，我想是找我的。」佩吉走向廚房，拿起分機的聽筒。「亨利，我錯了，是找你的電話。我想是長途電話喔。」

亨利從餐桌旁站起身，走出餐廳，從妻子手中接過電話。

「哈囉……是的，是的，我就是。」史匹曼全神貫注地聆聽打電話來的人說話。

「什麼？……什麼時候的事？……真不敢相信！……當然這只是個巧合。如果我是你，我絕對不會擔心這件事……這個嘛，讓我和佩吉討論看看，決定什麼時候可以離開……給我可以找到你的電話吧，你還住在藍野豬旅館嗎？……你搬到艾伯之家啦？好，等我把這邊的事情安排好，我就打電話給你。」史匹曼把聽筒放回架子上。

「發生什麼事了，亨利？」

「打來的是墨利斯・范恩，他希望我們回劍橋去，貝立奧莊再度準備出售。奈吉爾・哈特被人發現死了，謀殺。看來某人對於奈吉爾‧哈特是死是活這個選擇，並不是那麼冷漠的無異。」

第十二章　劍橋使徒

從波士頓羅根機場飛倫敦希斯羅，搭地鐵到國王十字街，然後轉火車至劍橋，由賈德・麥當勞去車站接史匹曼夫婦，直接將二人載回自宅。亨利和佩吉在接到范恩出乎意料的電話之後，花了整整一天的時間重新安排行程。當天傍晚他們就登上了橫越大西洋的班機，飛機在第二天早上六點半將他們送達倫敦，希斯羅機場的通關速度異常緩慢，海關官員似乎打定主意，每三個行李箱就要打開檢查。不過地鐵的通行狀況很順利，而且他們幾乎不用等，就搭到了前往劍橋的下一班快車。不到十點，因為整晚旅行而精疲力竭的史匹曼夫婦，便已置身於賈德家的客廳。

賈德・麥當勞住在一間小小的磚房裡，位於維多利亞路北區，離耶穌綠園約半英里遠，耶穌綠園是毗鄰耶穌學院的一大片綠地。賈德的住處，和其他許多服務年資與他差不多的劍橋導師比起來，顯得較為狹小，但是他既沒有獨立謀生的能力，又是個單身漢，所以這棟房子對他而言，很能夠滿足個人與社交需求。

「不，不，我堅持你們兩位就住在這裡，上次讓你們去住旅館，就已經夠糟的了。這裡有足夠的空間，你們有事情要辦的時候，我絕對不會打擾到你們。上一次你們到劍橋來，我們三個幾乎沒什麼機會好好聚聚，除了在海爾家那個歡樂的夜晚以外。而且，這裡的房價要比藍野豬來得划算多了。」

賈德・麥當勞的說詞很有說服力，事實上，他的強烈堅持，讓史匹曼夫婦感到寬慰；佩吉喜歡享受住在家裡不拘禮節的舒適感，亨利則很高興能有這樣的好運，知己好友近在身邊。

「那麼，就這樣說定了。讓我幫你們拿行李，帶你們去房間參觀。」麥當勞領著史匹曼夫婦前往房子的東側角落，走廊盡頭有間小客房，就在一樓的浴室旁邊。客房的裝潢相當有品味，一進門就是一盞立燈，兩張單人床，中間隔著胡桃木製的床頭櫃，上面放了盞小檯燈。窗戶兩側懸掛著花朵圖案的橫拉式窗簾，早晨的陽光照進窗戶，讓整個房間亮了起來；床的對面擺了一張小寫字桌，前面則放了張沒有靠背的板凳。賈德・麥當勞指出：「我的房間在樓上，所以不會干擾到你們。」他繼續表示：「現在呢，我知道你們兩個都快累垮了。每次我從美國飛回來，簡直只能用『虛脫』兩個字來形容，所以如果你們想先小睡幾個小時，我完全可以理解。但是換個角度來說，如果你們現在就想聽那些可怕的細節，我也可以奉陪，因為我要到下午才有課，看你們囉。」

亨利的回應是：「好奇或許可以殺死貓，不過頂多讓我睡不著。所以說我似乎沒有必要在現在努力讓自己馬上進入夢鄉，反正也不可能睡得著。」

佩吉加入亨利的陣容：「賈德，我這個人在什麼地方都可以睡，包括飛機上，所以現在精神很好，而且已經豎起耳朵，只等你開講了。」

麥當勞領著客人回到客廳，讓他們坐在有直立式扶手的厚軟大沙發上，整個房間的氣氛洋溢著恰到好處的不修邊幅，呈現舒適的居家感。沙發面對著磚造的壁爐，爐床是拱形的，壁爐架的正中央，放著一座木製鑲嵌花紋的立鐘，這座鐘上方的牆面，掛著一幅極為出色的雷諾瓦「船上的午宴」複製畫。

賈德・麥當勞坐下，開始講述圍繞奈吉爾・哈特謀殺案的詳情，他首先說明，自己雖然不是邊沁學會的會員，但卻也受到邀請，參加那場在主教學院餐廳舉辦，如今早已惡名遠播的晚宴。賈德和劍橋學術圈裡所有成員一樣，已經聽了一遍又一遍所有那些讓人膽寒的枝微末節。

無論是午餐時間、高桌晚宴、早上的咖啡時間，或是下午茶時段，人人感興趣的就只有這個話題。然而，最讓史匹曼夫婦震撼的，是聽到受害者出現在紅木箱子裡的那一段。

「這真是個讓人震驚的巧合，」佩吉嚷嚷著，「我和亨利上次來的時候，才去倫敦看過邊沁遺體的展覽。不到兩個禮拜前而已。你的意思是說，有人殺了奈吉爾•哈特之後，把他弄進盒子裡，和邊沁放在一起？」

「不完全是這樣，佩吉。根據警方的推斷，盒子放在學院廚房儲藏區的時候，哈特就被人給刺殺了，但是警察始終找不到凶器。」

「所以邊沁到哪裡去了？」佩吉詢問。

「恐怕不是位於能夠激勵人心的位置。兇手把邊沁的屍體拖出箱子，藏了起來。後來是在車庫的維修儲藏櫃裡發現老傑若米的。」

史匹曼夫婦花了點時間，消化吸收最後這段花邊新聞，之後亨利終於開口問道：「警方有任何線索嗎？」

「這是最讓人驚訝的部分——至少對我而言非常意外。你們能夠相信嗎？我竟然是嫌犯！」

「為什麼是你？」

「為什麼是我？這是我一直在問的問題。你們都知道，哈特和我在最近經濟學教授的黨派戰爭中，處於對立的兩邊，所以揪不出嫌犯而陷入困境的警方，就冒出這樣的想法，把學術上的世仇當成可能的行兇動機。當然了，我能夠了解外面的人可能會怎麼想，在海爾家的雞尾酒會上，你們也都親眼看到了，我們這批人可以對彼此使出多麼惡劣的招數。不過，有謀殺的衝動是一回事，真正付諸實行又是另外一回事了。」

「難道你是唯一的嫌犯嗎？對於經濟系應該採取何種路線與方向，其他那些和你持相同看法的同事，又怎麼說呢？難道他們不是同樣很有可能，會希望哈特不要出來礙事嗎？」亨利問這個問題，既是為了獲得資訊，也是為了安慰好友。

「警察也在偵訊他們，可是似乎主要還是以我為目標。也許是因為我說的話，也許是因為我最資深，他們以為我可以從中獲得最多利益。我甚至想過，說不定是因為我寫的那封信——都已經是四年前的事了吧——我曾寫了封信批評當地的警察部門，說他們對大學裡任意破壞公物的問題，處理方式不當；人家都說警察臉皮薄又愛記恨。我真的不知道會不會是其中一種原因，這些全都是我自己單方面的推測而已。」

「我知道劍橋的經濟學家派系歧見很深，我們以前曾經討論過這一點。我可以理解，殺了哈特可能可以滿足某人的懷恨之心，但是除此之外，不會有其他任何建樹，不是嗎？」亨利問道。

「這是最諷刺的部分，亨利，」賈德回答，「在現在這個時間點，我們第一次可以說，殺了哈特不會有什麼影響。如果是幾年前——事實上大概直到兩年前吧——我可以理解為什麼會發生這種事。現在馬克思凱因斯主義的勢力在數量上如此強勢，哈特的死根本不會對他們造成什麼傷害。我的意思是，在派系鬥爭中不會有影響，特別是有了陳代瓦可加入他們，他是永遠忠實可靠的盟友。哈特死了之後，據我估計，勢力均衡並不會有所改變，這樣講或許會出乎你意料之外，不過他們還是掌權的一方。哈特的死，完全不會削減奧莉維亞・海爾和她的黨羽主宰下一次資深教師評議的機會。」

「這樣說來，不論你進不進監牢，都沒有差別，」亨利取笑他的朋友，「劍橋經濟學家的未來不需要靠你來拯救。你是怎麼對警察說的呢？」

「這個嘛，我並沒有為那封信的事情道歉，如果這是你要問的話。至少還沒有。不過我有試著向他們解釋，教授之間的爭端，在這個環境中行之有年——連那些思想巨擘也無法置身事外。我甚至告訴他們有關劍橋使徒的事。」

「劍橋使徒？」佩吉的疑問化為聲響。

「佩吉，劍橋使徒是一個祕密社團，只有菁英中的菁英才能夠參加，」亨利為妻子解惑。

「凱因斯曾經是這個社團的成員，而且他絕對不是唯一一個享有盛名的成員。賈德，其他卓越成員的名字，要靠你給我一點提示了。」

「作家E.M.佛斯特、數學暨哲學家拉姆齊（Frank Ramsey）、倫理學家摩爾（G.E. Moore）、傳記作家斯特雷奇（Lytton Strachey）、哲學家維根斯坦（Ludwig Wittgenstein）、大哲學家羅素（Bertrand Russell），這些只是其中一些例子。我要告訴警察的重點是，學術圈當中充滿陰謀詭計與妒忌猜疑，可是我們不會互相殘殺。事實上，因為沒辦法擠進這個圈子而死的人還更多。

「我還記得多年前的一起事件，有個三一學院的年輕院士，名字叫做黑司凱次——我認為他是個相當有前途的經濟學家——因為劍橋使徒投票否決他的加入，而結束了自己的生命。說真的，黑司凱次其實並不寂寞，有很多傑出的人與他作伴。早在之前不知道多少年，凱因斯就否決讓皮古加入，只因為凱因斯希望維持自己是會中唯一一個經濟學家的地位。謠傳哈特是否決黑司凱次加入的幕後黑手，不過我想凱因斯可能是哈特的靈感泉源。」

「這是什麼樣的悲劇！他自殺只是因為沒辦法加入這個社團？」佩吉反問。

「這個悲劇比妳所能想像的甚至更悲慘。他身後留下了妻子和十歲大的女兒，我聽說這件事讓他的妻子精神受創，那個小女孩後來輾轉由許多不同家庭收容扶養。」

賈德陷入沉思，然後轉向亨利：「怪得很，我記得那個小女孩，是發生在貝立奧莊的一件小插曲。有一次我到貝立奧莊去拜訪，她和她父親也在，馬歇爾太太拿了一些彩色的股票證券給她玩，那是馬歇爾去美國的時候買回來的。馬歇爾在結婚前曾經去過美國，這件事不是很多人知道，我曾經看過他寫回家的幾封信——只能說他是離不開媽媽的大寶寶，幾乎每天都會寫信給她。我記得他曾在一封信裡寫到：『內華達州鮮少有稱得上貞潔的女性。』那個時候我就在想，不知道他是怎麼知道這件事的。反正呢，那些股票上雕印的高帽子狂人，把黑司凱次家的小女孩給迷住了；馬歇爾太太跟我說，家長帶著小孩子來訪的時候，她總是讓小孩子玩那些紙，這也是為什麼這麼多年來她一直留著這些股票，即使她知道這些股票早就已經失去任何曾經有過的價值了。我還記得那個小姑娘在樓上臥房裡玩，把那些紙全部攤開來的模樣。當然啦，那是好多年前的事了。」

一陣電話鈴聲，讓麥當勞站起身。「我知道可能是誰打來的，」亨利・史匹曼主動提供意見。「墨利斯・范恩知道我們預定今天早上抵達。我留了話告訴他，我們可能會待在這裡。」

「我去接電話，如果是范恩，就轉給你。」賈德離開客廳，穿過走廊。不到五分鐘之後，他回到客人身邊，情緒顯得很激動。

「打來的是山德・蓋博，他是克雷爾學院經濟學系的一位年輕導師。順帶一提，他是我們這一邊最看好的候選人之一。他打來跟我說，他剛剛才知道，G・薛帕被警方叫去問訊了。根據蓋博的說法，薛帕表示強烈的抗議。我不知道你們記不記得，不過你們在海爾家的時候，有見過薛帕。就我所知，你們可能去過他開的書店，他是本城最有名的書商。」

「為什麼他會變成嫌犯？」亨利質疑。

「也許是因為他有這個機會，也有動機。首先呢，他出席了邊沁學會的晚宴，事實上，在哈特被人發現行蹤不明之前，和他在一起的就是薛帕。再則呢，哈特的藏書很有價值，而薛帕是哈特的朋友，或者至少原本大家是這麼認為的，哈特死後，所有藏書幾乎都到了薛帕手上，至少是所有具任何價值的書都到了他手上，而且在哈特的收藏當中，有一些非常珍貴的珍本。

「想到在遺囑認證的官僚巨輪運轉期間，他的書可能被堆放在某個倉庫裡，散放躺在箱子裡聚集灰塵，嚴重損害價值，哈特就受不了。他希望在他死後，他的書能夠盡快流通，而為了達到這個目的，他早就找了一些有權有勢的律師做好安排，讓他的所有遺產可以迅速得到處理。

「薛帕一拿到朋友的書，就把這些書放在店頭最顯眼的位置，把面街的窗戶排得滿滿的。當然啦，價格也很漂亮。窗戶上還貼著海報，怕人不知道似地用大寫字體宣布：**哈特藏書**；走進店裡，還有箭頭指示往樓上：**更多哈特**。如果有辦法，我看他會弄個背景音樂，譜上歌詞：『大家一起來哈特，哈來哈去哈不完。』實在太會趁火打劫了。」

「這些書賣得出去嗎？」亨利問。

「才剛開始賣，不過毫無疑問會賣得很好，哈特什麼都有：亞當・斯密、李嘉圖、彌爾、馬克思，大部分是初版，有些是題獻本。他還有些很棒的當代作品，有兩本初版的馬歇爾，還有一本凱因斯親筆簽名的《通論》。這些書你看過幾本？」

亨利・史匹曼一邊聆聽朋友的敘述，一邊擦拭眼鏡。「所以薛帕因為繼承了這些書，而從哈特的遺囑中獲得很大的益處？」

「不是直接受益。他們是朋友沒錯，可是薛帕不是遺囑的受益人。他知道哈特沒有孩子，也沒有圖書館會接手這批書，哈特的藏書在他死後，會被拿出來拍賣——薛帕就是看準了這一點。如同我之前所說的，他得到了整批藏書，或者裡面值得收藏的所有書籍。」

亨利・史匹曼戴回眼鏡。「也許我應該趁還在這裡的時候，去薛帕的書店看看。是在市集廣場那邊嗎，賈德？」

「對，你可以從這邊走過去，直接走到市集廣場，你知道怎麼走的。然後隨便找個人問薛帕書店在哪裡，大家都知道。就在康藝劇場附近。」

佩吉評論道：「我記得在海爾家的派對上看過薛帕先生。亨利，我不認為你有和他互相介紹過，我也沒有。不過阿迪絲・霍恩有指出他給我們看，就是那個塊頭相當大，和你認識的印度經濟學家在講話的那個人。要我簡單叫他阿吉就好的那個經濟學家。」亨利・史匹曼沒有回話。好奇心得到了滿足的他，已進入了夢鄉。

第十三章　重遊劍河

「喔，你剛好和他錯過了，先生，他剛剛才出發，不到兩分鐘前吧。你瞧，可以看到他正從橋下過去。」腰帶上掛了個皮製的小錢包，瘦骨嶙峋的高個子中年人指著遠方一個身影，那人影正撐船從銀街橋下穿過。史匹曼夫婦在碼頭邊上引頸張望，凝視沿著劍河遠盪的平底船，以及船上所搭載的客人。

「如果你們想知道的話，他要一個小時以後才會回來。有時候客人不喜歡坐船，就會要求早點回來，但是這種情況並不常見，尤其是像今天這樣好天氣的日子。對，我會說至少要一個小時。」負責管理平底船出租生意的碼頭經理，看著駕臨米爾巷總部的美國夫婦。

「不過你們沒有必要等他啊，」他又補充說明，「這邊還有其他船伕現在就有空，他們的船都是一樣的，走的路線也都一樣。如果你們願意，現在就可以馬上出發。這可不是隨時都有的，有時候客人要排隊等上老半天，一路排到大學中心去呢！」

「不用，我們要等他回來，」亨利・史匹曼回答。「我們聽人介紹過派卜先生，就是要找他。」

「隨你便囉，老大。你們可以先在河邊的長椅找個位置坐，我會幫你們注意史提夫什麼時候回來。」

「如果你不介意，我們想利用這段時間去逛彼得學院，預定會在一個小時之內回來。」史匹曼看著錶說：「也就是大概……呃……四點鐘。這樣可以嗎？」

「也許吧。但如果史提夫提早回來，又有其他客人在等，他就必須再出發。我們沒辦法在這邊空等。」

「你說的我完全能夠理解，」亨利史匹曼回應。「這樣吧，要是派卜先生比我們早回來，你可以從他回來的時間開始計費，直到我們回到這裡來。沒錯，只要他一回來，無論我們在不在場，你都可以向我收費，這就是我的意思。我了解放棄的機會價值，我甚至不會期望你在等待期間給我打折，扣除船隻因為使用而產生的折損成本。」

碼頭經理看著亨利・史匹曼，眉頭深鎖，不確定面前的這位到底是自以為是的自大狂，還是滿口空話的理論家。他考慮了一下，然後說：「說得有理，只不過你要先付我那個小時的費用，現在就付。這樣我才能確定你們會再回來。」

「至少你可以確定，我們回來的機率會提高。」史匹曼邊說邊從皮夾裡掏出幾張紙鈔。「好啦，請務必幫我們留住派卜先生，我們就是要坐他的船。」

劍橋有好幾家經營平底船出租業務的公司，史匹曼夫婦現在正在其中一家的碼頭上，墨利斯・范恩告訴過他們，他坐的是哪一家的船，也跟他們提過那個讓他留下深刻印象的船伕名字：史提夫・派卜。

此時還是他們抵達英國的同一天；史匹曼夫婦在賈德・麥當勞家補了眠，然後為了進行這趟旅程而爬起來。佩吉從行李箱裡挖出了一件褲裙配水手領罩衫，腳上是平底帆布鞋，還找出了尼龍防風外套帶著，以防河上氣溫變涼；亨利則是從行李當中扒出一條百慕達短褲和他心愛的鱷魚牌襯衫，再穿上從波士頓飛來時所穿的同一雙繫帶淺口便鞋，臨出門前，又從桌上抓起照相機和一本皮面的小記事本。

「妳覺得人家會不會以為我們是一對英國夫婦啊？」離開賈德家的時候，亨利自以為幽默地問佩吉。

佩吉的回應是：「就算我們找兩台腳踏車來騎也不會。」

在等待派卜回來的期間，臨時安插的彼得學院行程讓他們玩得很開心。上次來的時候，他們沒有造訪這間學院，而彼得學院的舍監得知史匹曼夫婦是主教學院院士的朋友後，雖然已經超過規定的參觀時間，還是欣然同意放他們進入由四面建築環繞圍成的小小學院內院。

「您本身在哪一所大學服務呢，先生？」舍監在傳達室的隔間裡這樣問亨利。

亨利回答：「哈佛。」

「喔，他是劍橋出身的，我是說哈佛先生，畢業於伊曼紐學院。先生，我們學院裡面有個研究員，齊曲先生，他去過哈佛，跟我說哈佛竟然也在一個叫做劍橋的地方。我想你應該不認識他吧——我是說，齊曲先生？」

「很遺憾，我不認識這個人。」

「我們知道彼得學院是劍橋最古老的學院，你知道是什麼時候創立的嗎？」佩吉問道。

「這個問題要是回答不出來，我這份工作也不用做了，女士。答案是一二八四年，將近七百年前。現在換妳來告訴我，你們學校創立於何時呢？」

「我想是在一六三九年。」佩吉停下來想了想。「對，我相信應該沒錯。」

「喔，這樣說來，哈佛只能算是個年輕的小毛頭。」舍監一派正經地答道。

史匹曼夫婦謝過舍監的殷勤介紹，開始在彼得學院內側迴廊走動參觀，仔細觀賞了古老的禮拜堂，又繞著草地和庭院走了一圈，然後回頭往米爾巷前進，走回碼頭附近。

快要走到目的地時，他們聽到船經理對他們喊：「他回來了，史提夫・派卜正在等你們。」

墨利斯・范恩的描述很精確，史提夫・派卜是個高大健壯的青年，穿著黑長褲，白色長袖襯衫，灰色背心上有繫腰帶的絆環，淺褐色的頭髮濃密而蓬亂，膚色白皙；儘管從事的是戶外工作，但劍橋多雨的夏日，使他的肌膚沒有機會曬成棕色，而且每次一上船，派卜就會戴上闊邊草帽，使他更加得以免受太陽的荼毒。

在碼頭上，派卜咧開笑容歡迎史匹曼夫婦，在得知史匹曼和他之前的客人，范恩先生之間的關係後，派卜表示：「我當然記得范恩先生。有些客人是你永遠不會忘記的，比方說，小費給很多的客人；不過更加難忘的，是差點死在你船上的客人！那起意外應該沒有讓你們的朋友從此不敢坐船吧，有嗎？」

「沒有，我想是沒有。他跟我說，你對經濟學很有興趣，所以我們不妨這樣說吧，邊際效用遞減的法則，強烈適用於墨利斯・范恩對河上泛舟的感想。這和盲腸切除手術差不多，一次經驗得到效用之後，第二次的效用便迅速遞減。」

「我懂了，」派卜笑著說。「很好。嗯，我老闆跟我說，從我上一趟載客回來開始，就計算在你們的收費時間之內，所以我想我們該出發了。趁我們還沒離開，問一下你們要不要和另一對客人一起坐？這樣會比較便宜一點，船上的空間還很夠，一艘船最多可以載六個客人。」

史匹曼夫婦拒絕了派卜的提議，於是派卜就協助兩人上了船。狹長的平底船，在他用手一推之下，離開了碼頭，然後派卜挺直身子站在船尾，開始撐篙。

派卜開口：「要是你們想試試看自己撐船，隨時歡迎。不過請別誤會，我可不是要偷懶，只是有些客人喜歡自己試試看。」

亨利回應：「你會發現我們兩個都不會試圖搶走你的飯碗。我們希望你能帶我們走一遍同樣的路程，和兩個禮拜前你帶墨利斯・范恩走的路線完全一模一樣。當然啦，我並不期望又從天上掉下來一個啞鈴，但是我希望你能告訴我們，那天發生在你們兩個身上的每一件事。我從墨利斯那兒聽到，只有你們兩個人在船上，對不對？」

「喔，對，先生，沒錯。我問了他和你們一樣的問題──建議他和其他客人一起坐，可是他說他想要一個人。我記得那天我們生意非常好，但是他說他要一個人坐。就我所記得的，他說他才剛到英國，很累，很累，他看起來也很累，不過大部分美國人都是這樣，第一天到這兒的時候都很累，所以我一點也不覺得奇怪。」

史提夫・派卜撐著船，在這段河上交通繁忙的船陣中穿梭，很快就通過了銀街橋，來往的公車、汽車、腳踏車在他們頭上飛馳。船行至王后學院時，派卜宣布：「我很樂意向二位介紹沿路經過的所有觀光景點，不過范恩先生叫我只說重點就好，所以如果你們要照他的行程依樣畫葫蘆，我就照做。我還記得他要求我給他『讀者文摘』版的介紹。」

史匹曼夫婦同意一切照舊。

佩吉往後挪了挪，讓自己坐得更舒服些；在她旁邊的亨利，則保持死板的僵直姿勢，坐在最靠近派卜的那排長椅上。兩個人都面向船尾，看著派卜，因為根據派卜的描述，范恩就是這樣坐在船上的這個位置。

亨利提醒船伕：「到了靠近意外發生的地點，一定要告訴我們喔。」

「還有一段路呢，先生。要過了學院後園還有國王學院禮拜堂。別擔心，你們不會錯過任何東西的，只有一條路，而且平底船的速度很慢，你們什麼都可以看到——不管你們想不想看。在劍河上泛舟，沒辦法東挑西撿，看這個或不看那個，這就叫做霍布遜的選擇。」

亨利・史匹曼的耳朵豎了起來。「史提夫，在美國我們偶爾也會聽到這種說法，根據我的理解，這句話的意思是根本別無選擇。身為經濟學家，我一直很好奇，這種說法不是源自劍橋嗎？我記得好像有什麼關聯。」

派卜臉朝下，對著史匹曼夫婦微笑。「是啊，是有關聯。真有趣，很久沒人問我這個問題囉。故事主角的全名是湯瑪斯・霍布遜（Thomas Hobson），十七世紀的時候他在劍橋開設馬場，出租馬匹和鞍具給劍橋的學者騎乘，他光靠這個就賺了很多錢，你們可能會想知道這點。大詩人米爾頓甚至在一首詩裡提到霍布遜：『老霍布遜長眠於此，死亡催折了他的轡帶』——想聽的話，我還可以多背幾行。

「有人，我不確定是不是能找出這個人到底是誰，用霍布遜的名字造了這句成語，但是真正讓『霍布遜的選擇』在劍橋以外廣為流傳的，是十八世紀的斯蒂爾爵士。」

「但是這種說法背後產生的原因是什麼？」佩吉問。「我有看到介紹霍布遜馬場的牌子，可是還是搞不清楚。」

「我只能告訴你斯蒂爾是怎麼寫的。霍布遜的馬匹出租事業規模很大，養了很多馬，不過每次有人去租馬，霍布遜似乎總是推出站在馬廄門口的那匹馬，不管來租的人多想要租上次騎過的另一匹馬。斯蒂爾說客人租到的，永遠是碰巧最靠近門口的那匹馬，所以他說這在劍橋便成了一句俗話，如果你的選擇是憑運氣決定，像霍布遜強迫客人接受的那樣，就可以說是『霍布遜的選擇』。」

亨利．史匹曼好一會兒沒出聲，低著頭彷彿在做沉默的祈禱，然後抬頭往上看：「斯蒂爾不了解霍布遜這樣做的經濟原理何在。史提夫，在經濟學裡往往可以找出事情背後隱藏的道理，斯蒂爾看不出霍布遜經營馬場的方式所隱藏的邏輯，我倒是一點也不意外霍布遜能夠致富。」

「您的意思是什麼，史匹曼博士？難道給客人他們想要的馬匹，不會讓霍布遜賺進更多錢嗎？」

「那要看情況，」史匹曼回答，「看霍布遜要付出多少成本而定。假設劍橋學生對待不屬於自己的馬匹，和很多人租車來開的時候心態一樣：反正不是我的就隨便騎、用力騎，那麼霍布遜就必須密切注意防範。要保護他最有價值的生意資產，該用什麼方法呢？答案是永遠讓精力最充沛的馬兒，也就是最久之前被騎過的馬，最先租出去。

「史提夫，我的看法是，如果你去研究分析湯瑪斯・霍布遜先生的行為，就會發現他完全不是憑運氣——既不是看客戶的運氣，也不是看他的運氣。他的馬是安排好了的，在馬房裡按照順序一欄一欄移動，最靠近門口的，永遠是獲得最充分休息的馬，這匹馬就是下一位顧客的『霍布遜的選擇』。喔，這確實是霍布遜的選擇沒錯，不過他的選擇是有邏輯的。」

「亨利，夠了喔。記得我們是來聽導遊介紹的，不是來聽你講課的。」佩吉用半開玩笑半責備的態度提醒丈夫。

談話間，平底船沿著劍河向前無聲滑動，經過吸引了范恩和多少年來其他無數遊客沉醉其中的劍橋風光。派卜開始向史匹曼夫婦介紹，不過不是那種時間加地點的歷史記載，而是巧妙結合劍橋出色人物的故事，編成派卜專屬的風物見聞誌。

「你確定想要當經濟學家嗎？」半路上佩吉忍不住這樣詢問年輕的船伕，「感覺上你對歷史真的很有天分。」

「不，女士，我確定我不想成為歷史學家。歷史很有趣，可是我們這裡有人拿到歷史學位之後，卻跑來當船伕撐船，不是因為這是他們喜歡做的工作，而是因為這是他們所能找到最好的職業，他們是這樣說的啦。我希望有朝一日能夠從事經濟學研究，這裡沒有經濟學家船伕──至少我是沒有看過啦。

「史匹曼教授，您有沒有學生在做這樣的工作呢？」

亨利・史匹曼從幻想中回過神來，答道：「就我所知是沒有。當然了，在美國要找到這種類型的工作，機會相對來說要少很多，要在哈佛或ＭＩＴ的校園裡沿著查爾斯河泛舟，得要很長的竿子才撐得動船。不過就算能夠克服種種困難，我猜我的學生大部分還是會去做更有賺頭的事。」

佩吉表示反對：「但是更有賺頭不代表更有樂趣啊，亨利。」

「妳說的對，當然啦，」史匹曼轉頭朝向佩吉。「一個人可以在某項工作中賺多少錢，經濟學家可以用相當明確的方法測量計算，但是一個人在某項工作中可以獲得多少樂趣，卻是難以量化的一項變數。」

「這兩者應該是因果關係吧？」派卜主動提供意見。「如果薪水加倍，我會在工作中獲得更多樂趣。」

「問題是，如果薪水保持不變但是工作量減半，你也會更樂於工作。」

針對這個主題，亨利和史提夫・派卜你來我往，繼續爭辯了好幾分鐘。派卜很感激能夠有這樣的機會，和對他有好感的經濟學教授討論經濟學問題，讓他幾乎忘了身負導遊解說的責任。他在這兒，和一個他聽說過作品大名的經濟學家相談甚歡；他知道史匹曼可以給他一些建議，教他如何準備申請研究所，該念些什麼書。

但是派卜也很懂得「人必自重而後人重之」的道理。史匹曼夫婦可不是專程來給他忠告的，他們有另外的目標。他不想讓這兩位特別的乘客失望，最好的方法不是訴諸史匹曼夫婦的善心，而是如亞當・斯密所說（多麼有策略的見解啊！）：「我們訴諸他們的自利心，而非人道精神。」

「差不多就在這附近，你們的朋友開始顯得很放鬆，」派卜回憶。「我還記得我們穿過加萊爾旅舍小道的橋下——就在那兒，我們前面的那座橋——他在椅子上有點往後躺，欣賞風景，一路上偶爾會問我問題，不過大部分時間都是我在講話。」

派卜停頓了一下，又說：「對了，如果你們想知道的話，我和其他導遊都認為，現在我們所在的位置，差不多剛好是整段行程的中間點——我是指到麥格達倫學院的來回行程——這也是你們朋友付費參加的行程：到麥格達倫再回來。大部分觀光客都會選這條行程，因為這樣可以看到學院後園、國王禮拜堂、嘆息橋。喔，還有數學橋，這些是大部分人第一次到劍橋來最想看到的，四大景點。」

船行過連接學院後園與三一堂、三一學院的橋下，一道陰影橫過平底船。三人從橋的另一邊出來時，亨利拿出了小記事本，打開，對派卜說：「現在呢，史提夫，我知道這件事過了有一段時間了，但是在你指給我們看啞鈴掉下來的地點，告訴我們你認為發生了什麼事之前，我希望你能仔細聽好以下我所要問的每一個問題。如果有任何不了解的地方需要解釋，儘管讓我知道，我很樂意解釋清楚。」接著亨利・史匹曼便開始詢問派卜，讓這個崇拜他的年輕人依序逐一回答每項問題：

「你和范恩離開碼頭的時候，有沒有感覺到任何人好像在注意你們，或是離開的時候有沒有發生任何不尋常的事？」

「你們回來的時候，我知道警察來到現場處理這件意外，你向警方報告所發生的事；但是你有沒有注意到，碼頭附近是不是有其他任何看起來可疑的人物？」

「你們在河上的時候，不管是在意外發生前或發生後，你有沒有注意到岸上有人在跟著你們走？」

「你們在河上的時候，不論在意外發生前後，你有沒有注意到其他船上有人在跟蹤你們，或是好像在注意你們的行蹤？」

「你說墨利斯・范恩看起來很累，那麼他有沒有看起來很焦慮，或者以任何方式表現出預感會有危險發生？」

「你是否看到岸上或其他船上有人好像在對你的船指指點點，或者是把墨利斯・范恩指給某人看嗎？」

「在意外發生前過橋的時候——就像我們剛才那樣，從橋下穿過——你有沒有看到任何人在橋上，或是橋上有任何人好像在看著你們，或是一副威脅的表情，或者是看起來好像準備要向你們丟東西的樣子嗎？」

「那天在河上是不是有任何其他事，讓你感覺到和那起意外有關？」

每一個問題的答案全都是「不」，派卜想不出那天下午有任何不尋常的事，直到那個從天而降的啞鈴差點砸死墨利斯・范恩。

「到了，這裡就是你們特別想看的地方。」派卜答覆了史匹曼最後一個問題之後說道，

「差不多就在這裡。」

派卜直指前方要史匹曼夫婦注意，佩吉和亨利在長椅上轉了個方向，面向船頭。「我記得范恩先生看到了嘆息橋，就在我們前面，你們可以看到。我不確定他知不知道那就是嘆息橋，不過他似乎非常感興趣，比我們之前經過的所有地方都還要感興趣。不過到這個時候呢，就像我剛剛說的，他似乎很放鬆，很自得其樂。我講了幾件嘆息橋的趣事給他聽——威尼斯也有嘆息橋，以及兩座橋之間的關係等等。還有，我記得他想知道為什麼橋上的窗戶裝了鐵條，這倒不是什麼前所未聞的疑問，每過一段時間就會有人問到這個問題，答案其實也不難，鐵條是用來阻擋人出入的，以免聖約翰學院大學部的學生過了門禁時間從橋上偷溜進來。不過你們這位朋友想知道鐵條的事，這點我還記得。」

亨利問道：「然後根據你的印象，接下來發生了什麼事呢？」

「這個嘛，我看他對嘆息橋這麼有興趣，就試著把船對準拱形的中心前進。我這樣做，一部分是因為客人如果想要拍照的話，能夠取到比較好的角度，可以把橋放在鏡頭的中間。你知道，我不記得范恩先生有沒有帶相機，不過我通常會為了讓客人拍照，把船搖近聖約翰學院，等一下我會示範給你們看，你們就會懂我的意思了。」

「這樣說來，根據我的理解，就算范恩先生沒有帶相機，你還是會把他帶到靠近前面那棟建築的位置是嗎？為什麼會這樣呢？」

派卜努力讓自己不要表現得很有防衛心：「呃，就如同我所說的，我當時無法確定你們的朋友有沒有帶相機，也許有，也許沒有。我要表達的意思只是說，如果我注意到客人沒帶照相機，我可能不會像等一下那樣，把船撐到那麼靠近牆壁的地方。但是這也要看其他因素，如果有另一艘船在，我可能會轉不同的角度。有時候河上的船實在是太多了，我可能要靠到對岸才過得去。那一天只是碰巧，我們才會靠這邊走，我記得距離近到我可以摸得到牆壁。」

「我想，你一點也不覺得會發生什麼事情對嗎？」

「是啊，什麼感覺也沒有，先生。要是我有什麼感覺，就不會往那邊靠了。如果船受到損傷，我的下場可能會很慘。要是老闆認為那是我的錯，他會直接從我的薪水裡扣錢。」

派卜又輕輕撐了一下船篙，把船往聖約翰學院的牆壁更推近一些，前方預定的去處，沒有其他船隻。派卜安靜了下來，亨利不再發問，平底船上的每一個人都睜大了眼睛，而且目光全都是往上看。

「嗯，到了。看起來這次不會發生什麼驚險的事情。」派卜停止撐船，用手撐住學院的牆壁，使船保持停留在原位。

「如果你們相信厄運一類的事，我就把船開走，不然我也可以留下來，我是都無所謂啦。

自從意外發生之後，我走這條路線不下幾百次了，什麼事也沒發生過。我想那種意外大概只有百萬分之一的機率會碰到，現在我是這樣想的啦，不過意外發生的當下，可沒有這麼容易就看開。」

派卜繼續說：「這裡就是啞鈴掉下來的地方，至少是我認為最靠近意外發生的地方；如果說，啞鈴是直直墜落的話，一定是從那兩扇窗戶之一掉下來的。」派卜指著二樓和三樓的兩扇窗戶。

「如果真的是有人蓄意朝向范恩先生丟啞鈴，就可能是從旁邊的幾扇窗戶丟下來的，但是在這種情況下，我想我會看到有人從旁邊的窗戶探出頭來丟啞鈴。然後還有屋頂，啞鈴也有可能是從屋頂掉下來的，誰知道呢。不過我要強調的是，我完全沒有理由朝上面看，撐船的時候，你通常會看著水面，而不是天空。通常我會往上看，是因為有人要我幫忙辨識某種鳥類。但是自從意外發生之後，我必須承認，每次經過聖約翰，我都會不由自主地往上看。」

「史提夫，要是我說錯了，請隨時指正。」亨利•史匹曼現在站在平底船上，凝神注視著頭上的磚牆及窗戶，開口問道：「你對墨利斯•范恩說過，你好像看到有東西在三樓的一扇窗口閃過，我說的對不對？」

「對。」

「那個你覺得你看到的東西——是一個人嗎？」

「我說不上來，真的說不上來。那可能只是我的想像。啞鈴掉下來的時候快得根本看不清楚，過了一分鐘，等我把船推離牆邊之後，抬頭往上看，我看到我們頭頂正上方有兩扇窗戶是開著的。在我的腦海裡，我可能把兩扇窗戶混在一起，加上了並不存在的想像。」

「窗戶開著對你來說很意外嗎？」

「開著的窗戶沒有給我任何聯想。現在是夏天，您可以看得到，今天窗戶也是開著的。」

亨利・史匹曼坐回原位，坐在佩吉旁邊，面向史提夫・派卜。

派卜詢問：「這個，您認為怎麼樣呢，先生？」

「要不是意外，就是蓄意的，」史匹曼回答時的語調很輕柔，目光往上看著年青人。「只有這兩種可能的假設。我們選擇相信哪一種假設，會產生截然不同的後果。不用說，我願意相信這是一場意外，遺憾的是，哪一種假設是真的，完全不在我的掌控之內。你瞧，史提夫，追尋真相的過程是沒有選擇的，說到底，這是種『霍布遜的選擇』。」

佩吉往上看著史提夫・派卜，無奈地聳聳肩：「那又是什麼意思？」

第十四章　可憐的美國佬

「大媽，昨天我載到了算是小有名氣的人耶——至少對我而言他很有名啦。」史提夫・派卜把橘子果醬塗抹在房東放在他面前的早餐吐司上，斑斑點點的陽光穿過蕾絲窗簾，照進了享用早餐的角落，索特馬許太太正在倒當天早上的第二杯咖啡。

「是電影明星嗎？」索特馬許太太猜測。

派卜咯咯的笑出聲。「我想你不會把他誤認為亞歷・堅尼斯，不過在經濟學領域，他確實是明星沒錯。」

索特馬許太太回到餐桌旁，手上拿的是杯熱氣蒸騰的咖啡，坐了下來。「哦，原來是靠腦袋吃飯的大人物，是嗎？」

「可以這麼說。他是美國哈佛大學的教授，名字叫做史匹曼。昨天早上他和他太太來坐我的船，他們以前從來沒有泛過舟，他們是那個男人的朋友，就是那個前兩個禮拜搭我的船，結果差點被啞鈴砸死的人。他們要我載他們到河上發生意外的正確地點，然後回程的時候，他們又要我停在那邊。我跟妳說，停在那個地方的時候，我一直不停地往上看！妳知道的，現在每次經過聖約翰學院，我都會抬頭往上看。」

「是啊，你是應該注意上面，小親親，」索特馬許太太插嘴，「可能會有另一個啞鈴從天上砸下來，這個誰也說不準，這年頭啊，就是這樣。我跟你說過了吧，我有個鄰居在克拉彭把花瓶從窗戶給掉下去？我一直覺得她可能會再做出同樣的事，也許下一次掉的不是花瓶，但是一定會掉什麼東西下去。」

「反正，和那個教授聊經濟學，讓我覺得載到他們兩個客人很有意思。我告訴他，我到這裡本來是想唸書的，可是沒有申請到學校，還說我念了所有我能夠準備的各式各樣的書，希望工作一段時間之後，能夠申請進入紅磚大學[1]。他似乎很感動我知道那麼多東西——我們談了很多有關瓊・羅賓遜的作品，還有我讀過的一本叫做麥當勞的人寫的書，結果這個麥當勞竟然是史匹曼的好朋友——他說他願意幫助我了解美國的研究所課程，不過前提是，如果我有興趣要去的話。他和他太太還很興致勃勃地聽我介紹有關這邊的學院生活，我說什麼他們就信什麼。他們好像很驚訝我怎麼會知道這些事情，但是我告訴他們，當船伕可以學到很多東西——

如果你肯張大耳朵注意聽的話。」

「這位先生在這裡的時候會演講嗎？」索特馬許太太問道。

「不會，他之前來的時候就演講過了。」

「好吧，我很高興你昨天載到了好客人，寶貝。我知道遇到粗魯的人，總是會讓你有點情緒低落，偏偏這年頭粗魯的人實在太多了。」

「喔，這兩個美國人一點也不粗魯，昨天下午我們有不少時間在一起，那個太太很想要知道劍橋的歷史，而那個先生對我的態度，也比劍橋學院的導師要友善得多。我聽說過有關美國教授的這個部分，聽說在美國教授和學生之間，不會有這麼大的鴻溝。最棒的是，我還可以再見到他們兩個。」

「怎麼說呢，小寶貝？」

「回到碼頭的時候，我跟他們說，他們應該參觀一下劍橋附近的鄉村風光，然後建議他們

譯註：

[1] Redbrick university，指工業革命後，十九世紀末或二十世紀前半建於英國省城的大學，有別於傳統大學的巨石建築，以紅磚建築為特色，包括曼徹斯特、利物浦、里茲、伯明罕等大學。

到格蘭切斯特來，說我可以免費帶他們參觀這邊的村落。他太太想看劍河流過的鄉村，所以我告訴她：『沒有比我住的地方更棒的了。』他們今天下午晚點會開車過來。」

「喔，史提夫，真希望你早點讓我知道這件事。我不知道要怎麼和高高在上的教授說話耶。」索特馬許太太的臉上露出憂慮的表情。

「大媽，妳什麼也不用擔心，等妳見到他們，妳一定會喜歡上他們兩個的。他不會老是把經濟學理論掛在嘴邊，而且他們兩個似乎都對劍橋很有興趣，想要來看我們這一區啊。」

史提夫眼中帶著閃耀的光芒補充了一句：「告訴妳喔，妳可以跟他講妳的理論啊，有關哈特教授的謀殺案。史匹曼教授對這件事很有興趣，他對哈特的死充滿了疑問。」

「是啊，我可以想像得到。」

「不可思議的是，他們在謀殺案發生前才剛去過倫敦大學，他們去那邊的主要目的，就是為了參觀裝在箱子裡的邊沁遺體。」

「要我說的話，我會告訴他們倫敦有很多比這更好玩的地方。想想看，老遠從美國一路過來，只是為了看箱子裡的一具屍體！」

「實際上，他們只是在倫敦順道短暫停留，主要的任務是在劍橋。事實上，他來這裡也不單純是為了演講，更重要的目的是要來買一棟房子。」

「買房子？」索特馬許太太問。

「呃，不是我們一般說的那種買房子啦，他和他太太沒有打算從美國搬來住。他想要買的房子，曾經屬於某個──借用妳的說法就是『靠腦袋吃飯的大人物』，而且是劍橋出過最有名的一位大人物，至少是經濟學領域的大人物。妳知道曼汀里路上的那棟，靠近麥達格倫學院的大房子吧？」

索特馬許太太點點頭，比較多是出於對房客的禮貌，而不是對自己的記憶力有信心。

「那棟房子是馬歇爾的故居，史匹曼希望能夠買下那個地方──不是為了他自己，根據我所了解的，是為了某些有錢的美國佬，他們想要保存這棟房子。他們的想法是，選一個年輕有為的經濟學家，讓他在那邊住上一年，給他獎學金，幫他支付所有開銷，但是不給他任何工作壓力，希望他能受到環境的啟發而有所成就。」

索特馬許太太還以為自己見多識廣，到現在才知道原來有這樣的事。「房子現在是空的嗎？」

「喔，不是。有個聖約翰學院的院士，思林先生現在住在那裡。他大概是在二十年前，從馬歇爾太太的遺產中買下了這棟房子。」

「所以他在那裡住了二十年了，是嗎？」

「史匹曼教授是這麼跟我說的。」

「那他做了什麼有啟發的事情沒有？」索特馬許太太語調中的譏諷，讓年輕的房客嚇了一跳。

「我不知道耶，」史提夫承認。

「嗯哼，他有二十年的時間想辦法生點東西出來，而那個被選中的可憐美國佬只有一年時間？最好不要對他有太高的期望囉！」

第十五章 貝立奧莊失而復得

亨利・史匹曼知道，這必定只是他的想像而已，但是不知道怎麼搞的，回想起第一次造訪貝立奧莊的畫面──他和佩吉、墨利斯・范恩三人一起遲疑地走上車道──當時這個地方似乎散發出某種宜人的氣氛，像是寶寶誕生前好幾個月便已經佈置好了的育嬰室，看起來有所期待。在史匹曼眼中，兩個禮拜前的那天早上，貝立奧莊看起來彷彿正在期待嶄新的生命，亨利相信當時佩吉和墨利斯也有同樣的感覺，感受到這快樂的期盼。

今天貝立奧莊卻似乎籠罩著一層陰霾；不是那種鬧鬼似的陰森──那是好萊塢影片裡才會出現的橋段。就史匹曼看來，這個地方沒有什麼詭異之處，不過房子和整片土地上，卻似乎有不安的情緒在盤旋。史匹曼告訴自己，這大概單純只是因為自己內心的焦慮，在他們最初企圖購買這塊產業之後接踵而來的事件，讓他感到不安。

因為另外有人出價更高而買不到某樣東西，這是一回事；「在市場中，資源會流向評價最高的用途上。」這史匹曼早已理解。數不清有多少次，在哈佛的課堂上，這些字句從史匹曼唇間流洩而出；少說總有好幾百次了吧，他自己知道。但是今天，資源有效配置的概念，感覺卻有些空洞。

依現在情勢看來，范恩的基金會有可能在現實中獲得貝立奧莊，主要的競爭對手已經退出競標喊價。但是史匹曼知道，這並不是出於自由意志的退出，不屬於他時常教導學生的價格理論範疇。在經濟分析當中，某人退出競標是因為價格過高——和競標者的收入相比，價格過於高昂；而不是因為在大局尚未底定之前，競標者就被人殺害。

「早啊，亨利，希望你睡得還好啊。飛過來的行程還順利嗎？」墨利斯・范恩悄無聲息地來到史匹曼身後，這位矮個子的經濟學家正站在靠近貝立奧莊正面的私人車道上。

「我睡得很好，多謝你的關心。佩吉和我昨天抵達之後打了個盹，效果很好，恢復了不少體力。不過我必須說，我們兩個對這趟旅程都有點不安，我並不期待和鄧肯・思林重開談判，我為那個老先生感到難過，不只是因為做不成哈特的生意讓他必須回頭找我們，而且就我記憶所及，他和哈特是朋友。」

「我自己也不覺得這是件有趣的工作，」范恩說，「昨天在我身上發生了一件非常不愉快的事，我想和你談談；不過這件事可以等我們見過思林以後再說。我想他已經在等我們了，所以我們應該趕快進去。」

鄧肯・思林在側門迎接兩位美國客人，就算那天早上有什麼讓他煩心的事，從他那喜怒不形於色的英國式親切接待中，史匹曼也看不出任何端倪。

「快、快、快請進，二位先生。」思林拉開紗門等著，示意兩位美國客人進屋。「很感謝你們二位能夠過來，我們其實可以在我學院的辦公室碰、碰、碰面，但是范恩先生，你說你想再看看房子，而且我們在這裡談會比較舒、舒、舒服。」

鄧肯・思林領著兩位客人進入貝立奧莊的客廳，咖啡已經準備好了，放在那張有著玻璃桌面的桌子上，等著他們享用；熱騰騰的咖啡旁邊，還有一籃用餐巾裹著的餡餅、水果派一類的酥皮點心。

「請隨便坐，把這兒當成自己家。」思林選了那張木頭搖椅坐下。

「現在怎麼樣，我們該怎麼著手呢？」

在這個時候，墨利斯・范恩出面接手主導談話：「我們都知道，你原本拒絕了我們購買貝立奧莊的提議，我不會假裝我們一點也不失望，先生；但是從一開始有這樣的想法，要讓這棟房子回歸成為馬歇爾遺產，我們就知道事情並沒有十足成功的把握。我們也知道，馬歇爾著作的影響力，並不需要依靠把他的故居變成經濟學研究中心或之類的場地。儘管如此，我猜想我們全都在不知不覺間期望過高了。

「然後我收到了你的信。讓我這麼說吧，思林教授，我很感激你用這種溫和的方式婉拒了我們，但是不管怎麼說，失望是免不了的。我相信你能了解那種感覺，曾經一心想要追求的某樣東西，若是得不到，整個人就覺得怎麼樣都不對勁。」

范恩停頓了一會兒，加入史匹曼和思林，享用了些主人提供的早宴，然後繼續說：「當然，我知道你和哈特博士談好了，要把房子賣給他，而且我們都知道，你選擇他的理由只有部分是出於金錢上的考量，更重要的是，你希望貝立奧莊能維持屬於劍橋學術圈的一部分。

「我也知道哈特博士和你是朋友，到目前為止我還沒有機會親自向你致意，對於那起不幸的事件深表遺憾。」亨利・史匹曼朝著思林點點頭，彷彿在肯定同伴所說的話。「不過儘管哈特博士的死令人悲痛，卻沒有改變我們想要買下貝立奧莊的想法，雖然確實使這件事顯得更加尷尬。

「我們知道美國人在歐洲人心目中常留下什麼樣的印象，這樣的名聲是應該還是誤解，我沒有肯定的答案；但是我們不希望顯得好像在利用這種情況佔你的便宜，只是對我們而言，我們的目標始終沒有改變過。

「我們不想趁你失去買主的時候佔便宜，我請史匹曼教授再飛回來，是因為我認為他能夠給你最好的答覆，消除你可能還存有的任何疑慮，保證我們利用這棟房子的方式能夠讓你滿意。

「我們當然完全能夠了解，你可能會決定再次公開出售這棟房子，也許你心裡有其他合適的劍橋單位可以接手，也許現在你計畫自己住在這兒。無論如何，我們準備提出和之前同樣的出價，條件是我們可以在短時間之內進駐。」

「這個嘛，我要對你們說，兩位先生，這話可、可、可能出乎你們意料之外，但是我希望是高興的意外。我很樂意出、出、出售。說真的，我可以說是急著賣出這棟房子，展開新生活。奈吉爾的死影響我很深。我知道他被謀殺，和他計畫搬到這裡來一點關係也沒有，這樣想會讓我比較安、安、安、安心。但是等你們到、到、到、到了我這把年紀，恢復力會變差，精力越來越不濟。你們兩個都太年輕了，大概聽不懂我在說什麼吧。」思林停下來，輕啜了一口杯中的咖啡。

「現在另外還有一件事影響我的決定。我的孩子會說我很笨，竟然把這件事告訴你們，但是我認為你們應該知道。昨天晚上有人闖進我家，大概十一點左右，這件事讓我很苦惱。這麼多年來我一直住在這裡，以前從來沒有發生過類似這樣的事。」思林的手指插進濃密的灰髮往後推。「這棟房子對我而言和以前再也不一樣了。」

史匹曼和范恩始終注意傾聽屋主的談話，但這個消息使他們的注意力更加集中。

「警察有抓到那個小偷嗎？」史匹曼問。

「沒有，倒是我差點就抓到了。我必須聲明，不、不、不、不是說我有這個能力攔住小偷，發生的情況是，我發、發、發現有人闖進房子裡。是這樣的，星期二晚上我總是在聖約翰學院參加高桌晚宴，每個星期二都參加，好幾年了。連內人在世的時候也是。吃過晚餐，一部分的院士——其實永遠是同一群人——會在教師休息室聚會聊天，你們知道那種聚會是怎樣的，一開、開、開始天南地北地聊起來，時間就不知不覺地過去，等你注意到的時候已經很、很、很晚了。

「所以我喝飽了波特酒，聊夠了天，離開聖約翰回家。當然啦，我是用走的，我從來不在晚上騎腳踏車，太危險了。

「走到我家前面的私人車道時，我注意到閣樓有盞燈亮著。現在我出門的時候，總是會在客廳留一盞燈，但是閣樓？我走到前、前、前門，發現門沒有關好。我是從來不鎖門的——我的孩子叫我要鎖門，我知道他們是對的，當然了，可是我討厭看到這個世界變成那樣。有一段時間我們甚至連學校裡的辦公室都不用鎖呢。

「現在呢，我說到哪兒了？喔，對了，我進了房子，大聲喊：『是誰？』接著我就聽到有人奔下樓梯，跑過走廊，從側門逃出去了。我在一瞬間瞥見了一個人影，但是只看到背面。不管那個人是誰，總之那個時候他已經快要跑出門口了。你們知道的，就是我們剛剛進來的那個門。」思林用拿著咖啡杯的那隻手，示意指向側門。「等我追到房子前面，那個人已經不見了，或許是穿過旁邊的樹叢溜走了吧。」

「你有沒有注意到丟了什麼東西，或者是房子有受到任何破壞？」范恩問話的時候身體從椅子上往前傾，彷彿要從正面仔細研究思林的臉孔；史匹曼也緊緊盯著思林看。

「沒、沒有丟、丟掉東西。至少我知道的是沒有。那個人移動的速度非常快、快、快，我不認為他有拿走任何東西，那、那、那種速度根本不可能。我沒有發現其他任何損失，警、警察來過，我打電話報警以後他們馬上就來了——他們在整棟房子裡面到處東翻西找的，沒有找出什麼有問題的地方。

「他們還檢查了外面——我敢肯定他們打擾到鄰居了，手、手、手、手電筒什麼的晃啊晃的，可、可、可是我也沒辦法。不用說，今天早、早、早上我跟他們都談過了，告訴他們發生了什麼事。」

接下來發話的是墨利斯・范恩：「本來我打算晚點再跟亨利說這件事，在我們離開之後，但是我想我還是現在就說比較好。昨天傍晚，有人闖進了我的旅館房間。」

聽到這話，亨利的眼睛睜得很大，轉頭朝向范恩的方向；思林對這個消息的反應則是難過多於震驚。

「墨利斯，你昨天晚上就應該打電話跟我說的！」史匹曼譴責他。「你知道自從哈特死了以後，我就一直很擔心你的安全。」

「我沒有打電話給你，亨利，是因為我不知道你們會不會很累。要是你們和我住同一間旅館，我可能就會打個電話通知你，或者是到你房間去看看。而且，我知道你們和一個朋友在一起。」

「你還好吧？」

「喔，沒事，我很好。我的情況是，吃完晚餐回到房間，我是在旅館的樓下吃的飯，時間大概是晚上九點半。我有鎖門，但是有人趁我不在的時候進過我房間。」

「你怎麼知、知、知道的？」思林問道。

范恩還來不及做出反應，史匹曼又追加了一句：「你房間裡有貴重物品嗎？」

「沒有丟掉東西，」范恩回答，「但是增加了一樣東西。」

思林結結巴巴地說：「這、這、這、這倒是新鮮了，是小偷轉性了嗎？通常情況應該反、反、反過來才對。」

「增加了什麼東西？」史匹曼想知道詳情。

「一張便條，」范恩的手伸進襯衫口袋，掏出一張折疊起來的白紙，攤平之後先遞給了亨利。

史匹曼注意到這張紙的裁切是英式尺寸，比美國慣用的八又二分之一乘十一英吋略長，亨利在造訪劍橋之前就很熟悉這種紙張尺寸的差異，他的秘書曾向他抱怨過，從英國寄來的文件很難歸檔，因為放進美國尺寸的馬尼拉紙夾會突出來，放進風琴夾裡又很不對勁。

史匹曼的目光掃射過紙上的四行文字，全部是手寫的大寫字母：

春天的啞鈴

為的是執行

范恩的死刑

雨季的來臨

然後亨利把紙條傳給思林。

「這一定是在開、開玩笑，你們不這樣覺得嗎？」思林研究過紙條之後說道。「寫出這麼差勁的打油詩，想必不可能是認真的。」思林把紙條還給范恩，范恩又收回口袋裡。

「我在浴室裡發現這張紙，就放在洗臉盆旁邊，」范恩解釋道。「我沒發現有其他東西不見，我的錢包和護照都隨身帶去了餐廳，旅行的時候我從來不帶太多現金，而且我當然把錶戴在手上，所以房間裡其實沒什麼值錢的東西。

「可是如果是小偷，就算是偷不到東西失望而回的小偷，也不會留下這種字條。」范恩滿臉困惑。

亨利・史匹曼看起來很憂慮，他說：「墨利斯，我不認為你可以把這當成玩笑處理。之前，我以為哈特的死、你想要買下貝立奧莊，還有你差點被啞鈴砸到，這幾件事或許彼此之間沒有關聯，但是現在，聽說有人非法侵入這棟房子還有你的旅館房間，我們就沒辦法那麼肯定了。你應該還記得佩吉的猜測，說你到這兒來的目的，可能是你生命受到威脅的原因。思林教授，你可能還記得，這段話就是在這裡，在你家裡說的。」思林點頭表示記得這件事。

亨利指向范恩襯衫口袋裡的紙條：「你拿給警察看了嗎？」

「沒有。要是我房間裡有東西丟了，我會叫警察來，但是現在不過是張紙條，他們能怎麼辦？警方連謀殺哈特的兇手都抓不到，你認為他們能夠找出是誰在我房間放了張紙條嗎？

「我確實有去詢問過櫃臺，請他們告訴我哪些人會有我房間的鑰匙，他們的回答是：『只有服務人員有』，這項資訊還真是有用的不得了。如果你注意看英國旅館房間的門鎖，你會發現這些門鎖的設計完全是只防君子不防小人。你應該還記得，亨利，住在藍野豬旅館的時候，我們拿到的鑰匙根本是萬能鑰匙！我現在住的這間艾伯之家是有好一點，但是如果有人要闖進我的房間根本毫無困難。」

「我在想，不知道你是不是該搬出那間旅館，」思林提議，「搬到另一家旅館去。也許可以選攝、攝政街上的大學紋章酒店，當然啦，那邊看不到河、河景，不過派克公園就在旁邊，對面是警察局。我相信大學紋章應該會重視客房的安全管理。

「不如這樣吧，如果你願意，我可以打電話給他們，我和他們來往很多年了。」思林作勢要從搖椅上站起來。

「不用不用，你坐著就好，」范恩表示回絕。「我不要換旅館，但是我會注意我的背後——我想你應該聽得懂這種比喻吧，思林教授。」思林坐回椅子上，開始前後搖動，雙手放在搖椅的扶手上，姿態拘謹僵硬。

在這個時候，亨利・史匹曼開口說話了：「這或許是個不錯的建議——我是說，換間旅館。要是有人盯上了你，換個地方住可以收到讓對方出其不意的效果。我不知道該怎麼解讀那張便條，墨利斯，但是如果我是你，我不會等閒視之。我始終很重視平底船上發生的那起意外。」

「好吧，如同我們美國人所說的，我會把這一切列入考慮；這句話的意思通常似乎代表著：『我會忘記你們說過的話』。」范恩對著兩位同伴微笑。「我說過我想再看看這棟房子的部分，思林教授，你介不介意我現在就去看呢？」

「不會不會，當然不介意，請自便吧。我要先來清理這些杯子，等一下再去找你。」

「我來幫你清理。」亨利主動表示要幫忙，開始收拾起杯碟等物品。思林謝過了亨利，兩位學者朝廚房前進，墨利斯・范恩則是往樓上走。

在廚房裡，史匹曼把思林拉到一旁，輕聲對他說：「我很感激你對墨利斯・范恩表示的關切之情，你應該可以看得出來，我和我太太也很擔心他。我們昨天下午實際跑了劍河一趟，從碼頭沿河一路到啞鈴掉下來的地方，再回來，完全根據他走的路線重走一遍。我們甚至雇用了同一個船伕。」

「真是想不到啊！」思林驚嘆道。「告訴我，有、有、有、有人試圖往你頭上丟東西嗎？」

「沒有，沒有啞鈴掉下來，什麼都沒有。」

「啊，幸好是這樣。」思林回應。「本、本、本來就應該是這樣，你知道的，好、好、好玩，泛舟應該是種好玩的活動，而不是危、危、危險的活動。」

「所以你認為那是場意外囉？」史匹曼問。

「是啊，我可以告訴你為什麼，是因為舍、舍、舍監。」

「舍監？」史匹曼不了解，學校的舍監怎麼會和他的問題扯上關係。

「是啊，讓我告訴你我的理論吧。聖約翰的舍監始終不知道是誰把那個啞、啞、啞鈴掉在你們范恩先生的頭上。首先呢，我要告訴你有關劍橋大學舍監的一些事，可能會讓你感到驚訝：這些舍監到最後一定會知道學院裡發生的每一件事，甚至包括院士之間的事情。」透露這些內容時，思林顯得有點不好意思。「舍監一直沒抓、抓、抓到犯人，讓我肯定這是一場意外。如果是故、故意的，那個犯案的傢、傢、傢伙鐵定很聰明，絕對是。」

兩位在廚房的男士把杯盤疊好，上樓去找范恩，然後詢問在閣樓裡的范恩查看得如何，范恩說他正準備下樓勘察二樓的房間，接著他在一樓同樣巡視了一遍，最後到了地下室。視察結束時，范恩宣布：「看起來自從我們上次來看過之後，並沒有什麼龍捲風肆虐過這裡，亨利。我想外面應該也不會有什麼改變。思林教授，我準備今天先付你一千英鎊的定金，至於文件的制訂和簽署，我想就安排在兩天後吧，剩下的餘額到時支付。我們就這樣說定了吧？」

「好，我想應、應、應該沒問題。」

范恩遞出支票的時候，有禮貌地詢問思林什麼時候可以搬出來。

「可能需要幾個禮拜，但是在這段期間之內，你們可以按照預定計畫，自由進出這棟房子，只要你們別在我搬出去之前搬東西進來就可以——這是我唯一的要求。」

「很合理，沒有比這更寬大的條件了，」范恩說。

亨利和墨利斯沿著鋪石車道走上曼汀里路，兩個人都感到卸下了心頭一塊大石，不只是因為他們終於買到了貝立奧莊，更因為談判協商的過程十分平和順利。

第十六章　哈特藏書

書，是史匹曼永不厭倦的追逐。若是有機會到某個大城市或大學城住上幾天，他總是刻意安排時間詳細檢閱二手書商出售的書籍，一家接著一家慢慢瀏覽。雖然此刻史匹曼置身薛帕的店內，是為了某個嚴肅的目標而來，但是發現這個地方擁有如此壯觀的經濟學重要珍本收藏，使他從中獲得的額外效用，讓這趟造訪成為賞心樂事，而不是吃力不討好的雜務。

透過薛帕書店正面的玻璃窗，這位矮個子的經濟學家觀察著櫥窗裡的書。任何從聖愛德華徑經過的路人，若是心血來潮往裡面張望，都可以看到這些書的標題。薛帕書店就位於這條藝術劇院所在的短短小徑上，小徑的盡頭一端對面是國王學院，另一端與一條小巷相交，可以通到康藝劇場。

面對大學著名景點的繁忙街道，是大型零售商盤據的地點，而對於負擔不起昂貴租金的小型專營書店而言，薛帕書店所處的位置可說相當理想。凱因斯還在世的時候，也認為這個地點能夠符合他的需求，儘管在國王學院有自己的辦公室，他還是在薛帕書店樓上租了間公寓，用來處理私人事務。

賈德・麥當勞對薛帕書店的櫥窗陳列形容得很精闢，粉彩硬紙板做成的標示上寫著**哈特藏書**及**更多哈特**，摻雜在散放的珍貴書籍當中，營造出的印象是，裡面還有更多好東西，這些只不過是透露一點箇中滋味供品嚐而已；而光是這樣，就有多麼豐富的初版書籍可以悅人耳目！威克斯第德的《政治經濟常識》上下兩卷俱全，還有西尼爾的《政治經濟科學概要》、艾吉渥斯的《數理心理學》、鮑利的《經濟學之數學基礎》，以及詹姆士・穆勒的《為貿易辯護》。

史匹曼推門而入，叮噹一聲鈴響通報了他的到來。史匹曼發現自己置身於一間小房間內，裡面大部分的空間被上了蠟的閃亮木桌所占據，每張桌子都有下潛式的書架，上面排得滿滿的都是書，書背朝上，可以透過玻璃桌面觀賞；這些是店裡比較有價值的藏書。

沿牆排列的橡木書櫥頂天立地聳立，不同領域的書籍，用卡紙標誌區隔，上面的大寫字體註明**傳記文學**、**歷史**、**旅遊**、**戲劇**等各類藏書；這些書可以讓進入店內的客人隨意瀏覽，屬於比較尋常的藏書。狹窄的樓梯上也排滿了書，還有一個往上指的箭型標誌，引導客人上樓；標誌上印著的字是**更多哈特**。

就史匹曼看來，薛帕書店和他以前去過的二手書報攤比起來，最引人注目的特質在於缺乏那種凌亂的氣息。這裡沒有陳年書籍散發的霉味，空氣感覺很清新；櫥窗裡和書架上的書全都一塵不染，甚至連書架空間不夠、放不下某個領域的所有藏書時，多出來的書也是井然有序、一疊疊堆好放在地上。

桂格力・薛帕在靠近店門口的玻璃櫃臺後面，坐在高腳凳上的他齒間啣著根沒點燃的石南煙斗，正在細看一本目錄。他的體格魁梧，大腹便便，兩頰的肉往下垂，腮幫子上的鬍渣泛著青藍色，刮得再仔細也無法完全除去；滿頭濃密的灰髮整個往後梳，淺綠色的套頭毛衣外面穿了件粗花呢獵裝外套，肘部打上了補丁。亨利・史匹曼認出他就是在海爾家派對上看到的那個人。

店主人似乎沒有意識到史匹曼的存在，於是經濟學家轉過身，開始檢視直立放在橡木書架上的幾冊裝飾皮革線裝書。

「那些書不是拿來讀的，除非你實在迫不得已。不過這些書可以用來裝潢幾乎任何房間，增進美觀。」桂格力・薛帕無聲無息地從櫃臺後走了出來，來到店裡這位矮小的瀏覽者身邊。

史匹曼轉身面對店主，迎接他的是一隻伸出來的手臂，亨利回報了主人的熱忱歡迎，和薛帕握了手，然後以略帶歉意的笑容解釋道：「你似乎非常專心在看那本目錄，所以我決定不要打擾你。」

「打擾我？喔不！千萬別這麼說，客人永遠不會是打擾。我最大的樂趣之一，就是展示店裡的商品，尤其最近更是樂在其中。」接著他又裝出一副只有你知我知的神氣，補充說明：「這是我從事這行三十年來，擁有過最棒的一批藏書。當然啦，我說的不是你剛才看的那些，摩洛哥皮封面的裝訂本，那些東西純粹只是好看而已。」

「是的，哈特的藏書，我聽說你得到了那批書。全世界最完善的經濟學珍本收藏之一。」一個肩膀下垂內縮，看起來像是患了貧血症的男人打斷了他們的談話；他的個子高而瘦，深色的雙眼當中是細長的鷹勾鼻，矗立在稀疏的鬍髭上方，手上抓著一本厚重的書，是從樓上拿下來的，現在正在薛帕眼前揮舞。他問道：「這本書你要價多少？」

薛帕接過書，打開翻到扉頁，看了一眼之後答覆：「初版的馬歇爾《經濟學原理》，狀況良好，現在很難找到囉——是真正的寶物。二百英鎊。」說完又把書交回給那個男人。

「我找這本書找了好幾年了，我有馬歇爾所有著作的初版珍本，獨獨缺了這一本。」他停頓了一下，緩緩翻閱書頁，然後瞇起眼睛凝視薛帕：「這是你能給我最好的價格了嗎？」

「恐怕是。如果你想要這本書，我建議你趕快下手，短時間內你不太可能在市面上看到另外一本，保存狀況還能這麼好的，這簡直像母雞的牙齒一樣罕見。」

「我出九十五鎊，」男子討價還價。

薛帕回應：「謝謝你的出價，不過這是我的最後價格了。如果你願意等兩個禮拜再打電話過來，或許你可以說服我降價一些，但是我懷疑這本書會留到那個時候。」

史匹曼在心裡暗暗記下這個顧客悲慘的討價還價技巧：他在一開始就讓薛帕知道，他多年來一直在尋找薛帕存貨當中的這類物品，而且彷彿這樣還不夠，他又告訴薛帕這本特定的書可以完成他在努力收集的一整套系列。若把這個男的放到中東市集上，一定會是最受店家歡迎的冤大頭，史匹曼想著。

「好吧，我買了。但是這個價格對我而言相當吃緊，你接受本地銀行的支票嗎？巴克萊銀行可以嗎？」薛帕點頭表示可以，向史匹曼告退後，便領著馬歇爾的買主到店鋪的前面。

同時，史匹曼繼續瀏覽店內的書籍，他注意到一個門簾半掩的入口，遮住了房內大部分的視線。這位經濟學家一如往常般好奇地探頭探腦，企圖找出裡面藏了些什麼；透過門簾的縫隙，他可以看到幾堆不是很多的書，整整齊齊地排放在一方嚴重褪色的小地毯上。最遠的那個角落裡有張小木桌，桌前坐了個臉頰圓滾滾的豐滿女性，戴著厚厚的眼鏡，頭髮是鼠灰色的。她正瞇著眼睛，緩慢而艱辛地在打字機上邊搜尋字母邊打字，整個人散發出一種昏昏欲睡的，缺乏效率的氣息。

史匹曼悄悄擠進門簾內，好看得更清楚些。他對於陳舊東方地毯上堆放得如此整齊的那些書格外有興趣，這些是哈特收藏的一部分嗎？如果是的話，為什麼沒有放在外面的房間展示呢？史匹曼突然想到，或許這些書在外面全都有一模一樣的版本，把這些書藏起來是為了讓書顯得更稀有，才可以賣到更好的價錢；等到賣出一本書之後，經過相當的一段時間，再從私藏的存貨中拿出同樣的書補上去。這樣的策略，比起把手上所有書全放在客人看得見的地方展示，能夠為薛帕賺進更多的利益，史匹曼希望能在這裡找到證據支持或否定他的假設。

這位矮個子的經濟學家不確定自己偷偷潛入的這個房間是不是書店的禁區，有可能這裡只開放給店主和他所指派的員工，但在另一方面，門口並沒有警告客人禁止進入的說明或標誌。史匹曼開始在書堆之間躡手躡腳地輕聲走動，一邊用力睜大眼睛，希望能夠瞄到至少一本書的書名。

「是誰准你進來這裡的？」打字員發現了侵入者。「你必須馬上離開！」她的語調嚴厲。

「實在是萬分抱歉，」史匹曼盡量展現出最能消除敵意的笑容。「我不知道來買書的客人不能看這個部分的商品。」

「這些不是商品的一部分，至少不屬於要出售的那一部分。現在請你離開這裡，不然我要叫薛帕先生過來了。」她似乎相當激動，亨利決定還是趕快撤退，走為上策。

當史匹曼推開米黃色的門簾退出房間時，看到薛帕正從狹窄的樓梯上走下來，後面緊跟著一個年約三十五歲的男子，肩膀寬闊，臉孔曬成了古銅色，兩個人正在熱烈地交談。店主人看到史匹曼的時候，顯得很意外。

「史匹曼博士，我還以為你已經走了呢。請容我向你介紹賀伯•格朗第，他特地從倫敦開車過來看哈特的收藏。」

「能夠認識你是我的榮幸，史匹曼博士，我很熟悉你的作品，我的學生也是。我是倫敦經濟學院的講師，我從來不會忘記把您的大作列入學生的閱讀書單。」

「不知道你的學生是做了什麼壞事，才會受到這樣的懲罰。」史匹曼邊說邊擠眉弄眼，目光裡閃動著調皮的神色。

「有些學生覺得你的著作很硬，但是大部分人認為裡面的內容使他們眼界大開——看到一種新的思考模式。或許班上的馬克思主義份子會同意讀你的書是種懲罰，我從來沒問過。」格朗第說話的態度很輕鬆寫意，不過他尖銳的聲音和粗獷的外貌顯得不太搭調。

史匹曼對著這位崇拜他的年輕經濟學者笑了笑，道過謝，然後一個想法浮上心頭，突如其來地換了個話題：「哈特的書裡面，你覺得最吸引你的是哪一本？」

格朗第起初有些吃驚，但還是迅速做出回應：「我本來希望能夠找到初版的馬歇爾，但是我知道已經和那本書失之交臂，只差幾分鐘而已。話雖如此，我是絕對不會介意擁有一本傑逢斯初版的《政治經濟理論》，樓上那本毫無疑問是珍寶，可是那是送給他妹妹的題獻本，價格超出我所能負擔的範圍。」

史匹曼轉向薛帕：「我很好奇，薛帕先生，如果有人像格朗第先生這樣，決定不買如此珍貴的一項商品，你會不會感到五味雜陳呢？或者反過來說，賣出一本偉大的經典之作，或許尤其是必須告別作者親筆簽名題獻的作品時，你會不會感到有些心痛？」

書商毫不猶豫地作答：「這是個很容易回答的問題，也是個有趣的問題。每次客人買走一本有價值的書走出店門，我心裡最深的感觸是鬆了一口氣。至少如果那本書是依照我的要價賣出，或是非常接近這個價格的話，我會感到鬆了口氣。如果那是一本題贈本，你絕對可以肯定我在拍賣會上花了大把銀子才拿到手。拍賣會上有那麼多專門的藏書家和書商列席，真正第一流的物品有時候會陷入瘋狂喊價，你可能會受到現場狂熱的氣氛影響而沖昏了頭，後果就是必須承擔花大錢買下某些物品的損失。

「奈吉爾的藏書在倫敦拍賣的時候，吸引了來自世界各地的書商，而當凱因斯簽名題贈送給哈特本人的《通論》拿出來喊價的時候，房間裡的緊張氣氛更是升高到了頂點，以至於我認識的一個上了年紀的收藏家，從科茲窩來的，甚至因為喘不過氣來而必須大口用力呼吸。

「碰巧德國一家大銀行的老闆對這項精品也有興趣，我的出價必須勝過他才行。能得到這本書是很好，可是競爭實在太激烈了，我所付出的金額，可以維持店裡足足三個月的日常存貨呢！所以說，史匹曼博士，如果格朗第先生願意接手帶走這個沉重的負荷，我高興都來不及了。」

「既然對你而言是沉重的負荷，何不便宜點賣給我算了？」賀伯・格朗第雖然一直在旁邊聽他們說話，但卻顯得有些不耐煩。「我還是再上樓看看，看能不能找到我有興趣——而且買得起——的東西，然後就要出發回倫敦了。我還是有點憤慨，竟然錯失了那本馬歇爾，實在是太不幸了，真的。」他向兩人打了招呼，便往那道狹窄的樓梯前進。

等格朗第走到聽不見他們說話的地方，薛帕把頭湊近史匹曼，用比耳語大不了多少的聲音說：「史匹曼博士，不知道是不是可以私下和你說句話。我現在處在很棘手的微妙情境，需要你的忠告。」

史匹曼表示同情的支持：「沒問題，有什麼我可以幫得上忙的地方呢？」

薛帕抓住史匹曼的手臂，拉著他來到房間最遠的一角，那邊顯然沒有任何客人會來打擾。

薛帕低聲繼續剛才的對話：「你可能已經聽說了，警方認為我是奈吉爾・哈特謀殺案的嫌犯，這種想法真是太無稽了，可是對我而言一點也不有趣。我甚至還被叫進去偵訊，現在能夠回家來，完全是因為我的律師提出嚴正抗議才嚇阻了他們。」

「他們有告訴你，為什麼認為你是嫌犯嗎？」史匹曼詢問。

「他們沒有跟我說太多，只問了很多很多的問題，說些曖昧的話，含沙射影，冷嘲熱諷——之類的。但是我有種感覺，他們相信我有很強烈的動機要送奈吉爾上西天。」

「這個動機是……？」

「為了得到他的書。」薛帕解釋道。「還有，你看，奈吉爾被殺害的那天晚上，我去參加了邊沁學會的聚會，使得整個情況更糟糕，這件事讓我煩都快煩死了。想當初我差點就打了退堂鼓，取消今年的晚宴邀約，因為前一天我有點反胃，人不太舒服。是奈吉爾說，叫我一定要去，說什麼晚宴沒有我感覺就不一樣了，還有，他新增了一些藏書，希望能夠讓我看看，他等不及要聽我的意見了。」

史匹曼看著書店主人，薛帕的臉上滿是擔憂。

史匹曼被搞糊塗了：「你說需要我的忠告，但是我實在不清楚你想要哪方面的建議。我是個經濟學家，不是律師。」

「這個我知道，要律師的話我已經有了。或許我只是抓著稻草當救命護身符，不過我真的覺得需要有人給我忠告，一個不只是聰明有學問，而且是公認為有智慧的人。智慧這種美德，用你們經濟學家的說法就是：『越來越稀有的資源』。我知道你在劍橋有些人脈，而且你和奈吉爾．哈特有間接的關係，因為你們曾經同時想要購買同一棟房子。根據你在這裡的經驗，身為旁觀者但又不是完全沒有關係的局外人，你是不是有什麼智慧可以與我分享呢？」

「真正有大智慧的經濟學家亞當・斯密說過，想要了解另一個人，就必須把自己放在和那個人同樣的位置上，去穿他的鞋，唯有如此才能感同身受地了解其他人。所以我要捫心自問，如果是我處在你現在的情境中，我會怎麼反應？」

「結果是？」薛帕滿懷期望地問道。

「什麼也不做。」

「那是什麼意思？」

「我可以向你保證，薛帕先生，警察不會對你怎麼樣的。奈吉爾・哈特遭到謀殺的那天晚上，你恰好在他附近的這個事實，絕不表示你牽涉在這項罪行之中；要說行兇機會的話，其他每一位客人都有同樣的機會。」

「但是我有動機啊！」薛帕激憤地喊道。

「哈特的書嗎？」

薛帕嚴肅地點點頭。

史匹曼做了個手勢，表示毋須介意：「你並沒有從他的死獲得任何好處，這一點透過相當基礎的經濟分析就可以得到證明。所以說，你沒有什麼好擔心的。」

薛帕的臉上同時露出了放心和困惑兩種表情。

「好啦，桂格力，我該上路回倫敦啦，」賀伯・格朗第重新出現在狹小的通道上。

「什麼都沒找到嗎？」

「我的心裡只有馬歇爾一個，」他的手緊握在胸前，用裝模作樣的語調說話。「若是得不到馬歇爾，我寧願什麼也不要。」

薛帕微笑看著客人的模仿表演，格朗第是個矛盾綜合體，如果真有雌雄同體的靈魂這回事，他就是最好的研究對象。

「等一下，我想起來了，你可能要轉運囉。」薛帕閃進米黃色的門簾後，進到史匹曼先前被驅逐出境的那個房間。過了一會兒，薛帕再度現身，手上拿著看起來很厚重的一冊書。

「我記得沒錯，你的好運來啦！前一陣子我買進了一本初版的《經濟學原理》，那段時間店裡兵荒馬亂的，在做一些重新整修的工作，所以我就把這本書收到安全的地方，放在店的後面，然後就忘了；反正是到幾分鐘之前才想起來。如果你還想要這本書，它就是你的啦。一百零五鎊。」

訝異的格朗第帶著一臉猜疑，審視了薛帕好一陣子，然後拿出他的支票簿；被這件事給逗樂的亨利・史匹曼則是帶著濃厚的興趣，在一旁觀賞交易的進行。

第十七章　擁圖自擾

時鐘報出整點，亨利・史匹曼緩步通過主教學院的大門，巨大的拱形結構下是高大的對開柵門，擔負學院主要出入口的任務。過了大門，走上鵝卵石步道，遠遠的可以看到一片方形的青草地，兩側立著三層樓高的堅固建築群，是大學部學生以及部分單身導師的住處。庭院的後方直走到底，是學院的禮拜堂；越過庭院，餐廳就在右前方，那是一棟大型石砌建築，有著厚實的牆壁，風格古典。哈特的屍體就是在這裡被發現的，史匹曼心裡想著。

史匹曼左轉穿過拱門，走進高聳的門廊底下，面對著舍監傳達室的出入口，在進去之前猶豫了一下，但是想到傳達室裡面應該有他下午的旅程所需要的資料，便走了進去。

裡面非常忙碌；成群的大學生轉來轉去，有幾個穿著學士服，有些穿著學校的制服外套，還有些人穿著難以形容的服飾，或是順道查看有沒有留言和信件，或是單純來和其他學生閒聊，互相打趣。

和房間等長的狹窄橡木櫃臺長桌上，放置著一小疊一小疊不同形狀、顏色、大小的傳單、公告，以及各式各樣的文件；櫃臺後面的隔間裡，是兩位身穿正式黑色套裝的男士，黑色的圓頂禮帽在他們踏出傳達室時永遠戴在頭上，現在則是放在他們身邊的帽架上。這兩個人當中，一位是資深舍監，另一位則是助理。

史匹曼帶著些許好奇觀察那個資深舍監，他知道儘管劍橋的舍監被稱為porter，和在車站或旅館工作的腳夫是同一個字，但是資深舍監掌管的是學院的鑰匙，而不是負責吃力地幫忙搬運行李。同時他也知道，資深舍監的腦袋裡，儲存著名副其實的學院資料庫。

「有什麼需要我效勞的地方嗎，先生？」助理舍監湯姆‧皮克特注意到了這個小個子的陌生人似乎有點不知所措。

「可能有吧。不知道你們這裡有沒有劍橋的地圖呢？」

皮克特回答：「這裡沒有賣地圖喔，先生。你可以去那邊街上的麥喀臣店裡問問看。」皮克特看到新來者的臉上顯露出失望。

「我一定是聽錯了。我還以為可以在這拿到地圖。」

「是誰告訴你這件事的，先生？」

「賈德・麥當勞教授。他告訴我，要是我有需要指路或有關劍橋的資訊，只要到舍監傳達室來問一問就可以了。」

「喔，您認識麥當勞教授是嗎？」

「是啊，我們是朋友。我和我太太目前住在他家。」

「喔，原來是這樣啊，先生，那麼情況就不一樣了。我們不能送地圖給每一個跑進來詢問的觀光客，會計主任曾經吩咐所有舍監，要是每一個來問的人都送地圖，會把整個學院的基金給用光！會計主任是這麼說的，劍橋就是有那麼多的觀光客，而且似乎一年比一年更多。大部分來的人，對於東西南北根本毫無概念。」

「也許你們應該賣地圖，」史匹曼提出建議的時候對皮克特露齒而笑。「這樣你們就可以增加學院的基金。我敢說主教學院的會計主任不會反對這點。」

「喔，我們不能那樣做，先生，我們不能賣地圖。不能在傳達室這裡賣。」

「這是為什麼呢？」史匹曼的臉上帶著不解。

「這樣不恰當，先生，一點也不恰當。」湯姆・皮克特思索著，該如何向這位訪客解釋在他眼中如此基本的一個問題。

他說：「主教學院是一所學校，不是商店。而且，麥咯臣的人會怎麼想？」

「換個角度來看，」史匹曼回應，「是問觀光客可能比較喜歡怎麼樣？是在他們選擇停留的地方買地圖，還是被打發去其他地方？我想他們甚至會願意付錢，換取不用去別的地方買地圖的權利。」

華倫・索恩一邊分類歸檔一些信件，一邊注意聆聽同事和亨利・史匹曼之間的對話。他走到櫃臺邊，站在年輕同事的身邊說：「您誤會皮克特先生的意思了，先生。我們學校一向認為，觀光客是劍橋的客人，但是就像在你家作客的客人，你不會給他們想要的每一樣東西。我和皮克特先生，我們有時間的時候都會盡量協助指點路徑。

「至於您的例子，那是特例，先生，因為您認識麥當勞博士嘛。」索恩伸手到櫃臺底下。「我們總是在傳達室裡放一張整個區域的大地圖，」他繼續說，「有時候我們遇到的問題會需要用到大地圖。」索恩展示給史匹曼看的地圖，攤開來的時候可以蓋滿大半個桌面。

「然後我們還有這些。」索恩拿出一疊比較小的地圖，每一張只對折了兩次。這些小地圖僅顯示劍橋大學區的街道巷弄、各學院所在地，以及最著名的觀光景點。

「我們放了一堆這種地圖──我稱為『散步地圖』──我可以給您一張。現在呢，如果您想在大地圖上找地方，我們可以就在這裡攤開來看，先生。但是如果小地圖就合用，您可以帶一張走，這是本學院致贈的禮物。」

史匹曼回應：「您真是好心。不如這樣吧，我現在先借用一張小地圖，就在這裡研究一下。」史匹曼作勢比向靠著對面牆壁的一排架子，笑著說：「我漸漸開始有概念目前自己在什麼地方了。如果帶張地圖感覺有幫助的話，我會毫不遲疑地接受你們的餽贈。我看過太多人站在劍橋街頭嘗試打開地圖研究，所以加入他們的行列不會讓我感到有什麼不好意思。」

史匹曼把地圖拿到架子那邊，三個學生正在那兒瀏覽信件和訊息。他把地圖攤開來，開始研究。

在劍橋四處走動的經驗，使得許多主要街道對史匹曼而言已經很熟悉了，但他有點擔心沒有走過或是搭賈德的車去過的地方，他和佩吉下午去找史提夫•派卜帶他們遊覽格蘭切斯特的時候，可能必須走那些路。看到從賈德家出發只要走一段不遠的距離，就可以接到出城的路，帶他們前往將要探索的小村莊，讓史匹曼寬心不少。

站在傳達室裡忙著研究地圖之際，史匹曼心裡暗自思忖著地圖與經濟學理論的相似之處。在哈佛，他常常遇到新加入經濟學領域的學生，抱怨在他們眼中看來不切實際的經濟學分析，他記得有個學生對他說：「給我實例，不要只談理論。」

遇到這種情況，史匹曼會引用常見的公路地圖做為例證說明。這天下午，在劍橋的舍監傳達室中，他想到說不定自己應該實際拿出一張地圖，比方說像他眼前的這張地圖，用來闡明他的論點。

他會這樣對學生說：「地圖如果涵蓋每一個細節，將會無法使用。試想，用一比一的比例尺繪製地圖，這張地圖會變得多麼龐大，不是嗎？」他會這樣取笑學生：「你把地圖攤開來的時候，剛好可以蓋住你想要了解的那整塊區域。」

「不，」他會說，「要製作有用的地圖，唯一的辦法就是省略大部分事實。經濟學理論也是如此，唯有從錯綜複雜的現實中，粹取出精華的概要，就像地圖那樣，才是有用的理論。」

史匹曼的沉思被傳達室另一邊主要櫃臺那兒傳來的談話聲給打斷，他拉長了耳朵聽取索恩和學生之間的對話。這個行為偏差的大學生是被索恩叫來的，資深舍監正諄諄告誡他合乎體統的言行禮節，以委婉但堅決的態度，斥責面前的年輕人。

「我很遺憾必須要對你說，關於幫忙整理寢室的管理員，你的行為十分不恰當。你可能使她造成嚴重的身體傷害，這樣的行為是劍橋任何學院所不能容忍的，在我們主教學院裡更是肯定無法接受。希望你好自為之。要是我再聽到類似的行為，我就會向院長報告你的違規。我可以向你打包票，先生，你絕對不會希望看到事情變成那樣；我見過不少年輕人，因為更微不足道的理由而被退學。我還希望你能夠寫封道歉函給托米太太，最好是在這個禮拜結束之前送到。」

接受這場痛苦磨難的高個子方臉大學生，身穿卡其褲和制服外套，從頭到尾僵硬地站得筆直，他的臉紅了，雖然很輕微但還是看得出來，然後問道：「就這樣了嗎，先生？」

「就這樣了，伍爾先生，祝你有個愉快的一天。」

史匹曼滿心欽羨地聽得入迷，因為在這樣的事件中，資深舍監的處境很微妙；雖然他代表了權威的、道德的一方，但他必須扮演雙重角色，對學生恩威並濟，身段既高傲又柔軟。華倫・索恩以三十五年的經驗為靠山，從容自若地完成演出。

史匹曼很享受舍監傳達室裡的氛圍，所以他故意慢條斯理地研究地圖。學生、導師、觀光客來來去去，每過一段時間，索恩就必須送出郵件、口信或包裹。

「漢立森先生，唐寧學院送了份通知給您，先生，大概是一小時前送來的。」

「賴恩先生，這裡有一些您的郵件。」

「馬瑞菲德博士，有個大包裹是給您的，先生。相當沉重的包裹，如果您有需要，我可以讓皮克特送到您的房間去。」

「帕西佛先生，你的導師塔齊先生要我轉告你，他很抱歉今天下午沒辦法和你碰面了，他會在這個禮拜之內找時間和你聯絡，重新安排會面的時間。」

華倫・索恩以自己的記憶力為傲，他記得主教學院所有院士和大學生的長相；這位資深舍監學會了在每個人容貌外觀中找出獨特的身體特徵，和名字的發音聯想在一起，這已成為他的一種腦力激盪遊戲。舉例來說，利用這種聯想方式，毛髮濃密的漢立森先生，在索恩腦海裡就成了「汗毛立起來像森林一樣」，不論在任何地方，一看到這個年青人，「汗毛林立的森林」這幅景象就躍入索恩的腦袋，然後再以迅雷不及掩耳的速度轉換成為「漢立森」這個名字。索恩發現，只要自己能夠發揮足夠的創意，這個方法可以適用在所有人身上。

亨利・史匹曼看著資深舍監的表演，心裡一方面是嘆為觀止，一方面卻也混雜著嫉妒。只要班上的學生人數超過十個，就要花上史匹曼半個學期才能記住這些學生的名字，這個緩慢的過程可能導致一些尷尬的情境，譬如在發還期中考試卷的時候，史匹曼往往認不出藍皮書上的名字是屬於哪個學生的。

離開舍監傳達室之前，史匹曼走上前稱讚索恩非凡的記憶力，這位資深舍監感激地點點頭，然後以莊重的態度，回應史匹曼的讚美：「我會把這歸功於經驗，先生。我在這個工作崗位上，到現在已經有三十五年了。對某些人而言，這是很自然而然的，比方說這位皮克特先生，他就可以很自然地把名字和臉連在一起，就像這樣。」索恩啪的一聲彈了一下手指。「但是我必須要靠努力，而且隨著年紀增長，要記清楚事情是越來越難啦。

「對我而言，記臉要比記名字容易。我的意思是說，我從來不會忘記一個人的長相，不論是多久之前，只要我看過這個人，我就會記得他的長相。有時候遠在二十年前畢業的學生，回到主教學院來參觀，我都還能夠記得。或許我沒辦法想起來他叫什麼名字，但是我會認得他，無論他變老了多少。人的五官有些特徵是永遠不會變的，不論經過多少年都一樣。例如耳朵，耳朵不會因為年紀變大而有明顯的改變，還有眼睛也是，眼睛的樣子有個部分會一直保持不變。

「就在不久前，有一天傍晚，我看到有個人穿過大門，走到庭院裡去了。我對我自己說：『我認識那個人，在什麼地方看過。那是很久以前的事了，我想不出那個人是誰。』每次發生這種事，我的心裡面就像是有小蟲子在咬，一直咬一直咬，直到突然之間，我想起來了：那張臉和一個名字搭在一起，然後我就會知道那個人是誰，接下來，我通常會想起來和那個人有關的其他種種事情。雖然現在還沒有靈光一閃，但是到最後我一定會想起來，那天晚上我在庭院裡看到的人到底是誰。當然啦，如果那是一件最好應該被遺忘的事，我連一個字也不會提。我的意思是，睡著的狗就讓牠繼續睡吧，不要惹事生非。」

聽著索恩描述自己觀察和記憶的卓越才能，史匹曼回想起思林對劍橋舍監的評語。他們什麼都知道，好事壞事，發生在學院門牆之內的每一件事都逃不過他們的法眼。他們和那三隻猴子不同的是，他們看得見也聽得到邪惡的事，但他們有一點和那三隻有智慧的猴子相同，那就是他們懂得非禮勿言，他們很懂得謹言慎行的道理。

史匹曼知道，就算有資深舍監看到或聽到某個人或某些人在籌劃邪惡的陰謀，利用瞄準目標的啞鈴送墨利斯・范恩上西天，也不會對亨利・史匹曼這種外人說的。

以華倫・索恩為例，史匹曼非常確定，如果索恩是聖約翰學院的資深舍監，對於啞鈴為什麼會砸到搭載墨利斯・范恩的平底船上，他所知道的真實內情會比警方或任何其他人都要多出許多。

但在另一方面，思林也承認了有這種可能性，雖然這種可能性微乎其微，但是可能有人，一個極端聰明的犯罪者，把舍監蒙在鼓裡，讓甚至連像華倫・索恩如此洞悉一切的舍監也無可奈何。

史匹曼正準備離開主教學院的舍監傳達室時，皮克特出聲對他說：「不只是地圖的問題，先生，觀光客要的不只這樣。如果告訴你有多少觀光客進來，是要問可不可以借用廁所，你會被他們的數量給嚇一大跳。他們把舍監傳達室當成公共廁所了，但是根本不是這麼回事，這裡是舍監傳達室。所以如果我們開始賣地圖，就算有賺錢，結果是會有更多人來借用裡面的設施。」

「這種想法很有意思，」史匹曼回應。「或許這是另一個良機，可以用來增加主教學院的收入。」

「喔，我們不能這樣做，先生。你不能向借用廁所的人收費啊。」

第十八章　格蘭切斯特的瑪波小姐[1]

圓環是最傷腦筋的部分。從來沒在英國開過車的美國人，會覺得學習沿著路的左邊行駛是件困難的事，尤其是多年來習慣反應的交通模式正好完全相反。史匹曼夫婦發現，要做到沿著左邊行駛，可以依靠努力不懈地專心想著把車維持在本能感覺上是逆向的車道；從右邊迎面而來的車輛，也有助於不斷提醒他們靠左行駛。

但是要應付圓環又是另一回事；遇到圓環的時候，所有車輛都要繞著安全島的外環前進，然後繞圈的車子會一輛接一輛，在與圓周相接的不同路口脫出。英國人相信，圓環的設計使得

譯註：

1 瑪波小姐是推理小說家克莉絲蒂筆下的人物，為「安樂椅神探」之代表。

交通更為順暢，因為消除了等待紅燈的時間，據說可以使車流保持流動不輟。對有經驗的駕駛人來說或許是這樣沒錯，但是對初來乍到的新手卻並非如此。

史匹曼夫婦感到最違背本能反應的，是在美國多年來養成了「左轉比較難」的直覺觀感，現在在英國卻要整個扭轉過來，變成「右轉」更需要全神貫注的注意與靈敏的反應。遇到要在圓環右轉的時候，車子必須繞行兩百七十度，也就是繞過整個圓環的四分之三，才能右轉。

這是史匹曼夫婦第一次開車出來，他們在兩個圓環繞了超過一圈，才找到要走的路，成功繞出圓環。如果看到一輛車子一直繞著圓環打轉，可以肯定車上的駕駛對英國道路並不熟悉。

佩吉和亨利這次造訪英國的期間，租了一輛汽車，是白色的雙門沃克斯豪爾Viva小型車。在美國，亨利開的是一台四四方方的大型房車；考慮到英國狹窄的街道，他很慶幸他和佩吉在選車的時候，挑了這台比較小的車。賈德・麥當勞曾經提議讓史匹曼夫婦開他的車，但是亨利婉拒了他的好意，部分是為了避免造成朋友的不便，部分則是因為他不確定佩吉或他在開賈德的車時，保險責任該如何歸屬。

今天下午史匹曼夫婦這趟旅程的目標非常簡單：離開劍橋繁忙的市街，往南南西走兩英里，到劍橋附近一個叫做格蘭切斯特的村子去，史提夫・派卜答應要帶他們遊覽那個小村莊。派卜開玩笑說過，他們應該租一艘平底船，從河上一路泛舟到格蘭切斯特，因為史匹曼夫婦前一天和他在一起的時候，有很多機會觀察學習如何撐船。史匹曼夫婦謝絕了這項提議，因為他們兩個都喜歡走路，佩吉和亨利原本考慮沿著銜接劍橋和格蘭切斯特的小徑散步過去，但是基於時間考量，同時，也因為他們聽說那條步道不是完全沿著劍河前進，於是決定放棄。

「我記得賈德說過，在這裡應該可以看到一個牌子，」佩吉主動提示丈夫，擔負起車上第二雙眼睛的任務，替丈夫注意路況，讓亨利很感激。由於身材矮小，亨利・史匹曼不像個子比較高的駕駛人那樣，得以享有毫無阻礙的路況視野；在美國開車的時候，他多半是透過方向盤上半部和儀表板上方的間隙往前看，現在這台比較小的沃克斯豪爾似乎讓他更難看到路，因為他的身高使得方向盤落在與他視線等高的位置上。

「牌子在那裡，這邊要左轉，亨利。左轉以後直走應該就可以到格蘭切斯特了。」聽到只需要左轉一次，讓史匹曼鬆了口氣。他操控車子沿著圓環的外緣前進，在第一個路口轉了出去。

不久之後，他們便進到了村莊裡，很快就找到了通往索特馬許太太家的車道；車道上停著另外一輛車，但是亨利看到還有足夠的空間，可以讓他的車停靠在旁邊。

「喔，很好，史提夫・派卜來了。」佩吉看到他們昨天的年輕嚮導正蹦蹦跳跳地走下房子前門的台階，身上穿著美式風格的牛仔褲和深藍色的高領棉衫，看起來簡直像是美國大學裡的研究生。

「就是這裡沒錯，」派卜大喊，「我知道你們可以找得到——相信應該沒遇到什麼困難吧。」

「來這裡是沒什麼困難，我擔心的是回去。所有左轉的地方回去的時候就變成右轉，我想是這樣沒錯，對不對？」

派卜不太能夠理解史匹曼的問題所在，他用懷疑的眼光斜眼打量史匹曼，回答的時候裝作好像沒聽到史匹曼的疑問：「我沒辦法幫你們引見我的房東索特馬許太太，現在不行。她到商店買奶油去了，不過她會回來，說是想請你們一起喝茶；她認為我自己一個人不知道怎麼好好招呼你們，她又反對人家到外面去喝下午茶——根據我所理解的，這是原則問題。所以我跟她說，我會先帶你們參觀村子，然後等我們回來，我再介紹你們認識。我希望你們能夠留下來喝杯茶，房東太太是個可親的好人，喝杯茶不會耽誤你們太久的時間。」

「我們很樂於從命，」佩吉代表兩人回答，「雖然說真的，她不必這麼麻煩的。光是參觀村子就讓我們很感激了，你真是好心，還挪出時間陪我們，你的生活裡一定已經充滿了觀光客，光是工作上就遇到夠多的了。」

「喔，史提夫！我的車子要出來的話沒問題吧？」樓上的窗口傳出女聲。

「沒問題，妳沒有被擋到。快下來，讓我介紹妳認識我的客人。」史提夫喊了回去。過了不到兩分鐘，史匹曼夫婦就看到一位年輕女性出現，穿過庭院朝他們而來，身上穿著米黃色的亞麻布迷你裙和白色棉上衣，長長的金髮直垂到腰際，等到她走近，佩吉注意到她有著完美無瑕的膚色，在咖啡色天鵝絨的頸圈烘托下更加動人；雙腕上則裝飾著手鐲。

「朵拉，這兩位是我跟妳說過的美國客人，史匹曼教授及夫人。我要帶他們參觀村子，陸上之旅，不是泛舟。這對我來說倒是件新鮮事。」派卜邊說邊向客人做手勢示意。「這位是朵拉・譚納，她也是這棟房子的房客——不過她在倫敦工作，通勤上下班，所以她可以說真的是生活在兩個不同的世界裡。」

佩吉試著打開話匣子：「今天是妳休假的日子嗎？」

「恐怕在我從事的這個行業裡，休假是種常態。我是個演員，主要在倫敦工作，雖然有時候也會巡迴演出。現在呢，我正等著聽結果，不知道我去試鏡的那個新角色上了沒有。」譚納說話的時候顯得有點尷尬。「不好意思，為了車子的事情大驚小怪的。從我房間看出去，我不能確定你們是不是堵住我了，因為我晚一點要出去。」

「這是她的新車，」派卜好玩地看著朵拉，「她對車子保護得很呢。我給她大概六個月的保護期，然後她就會和大部分英國人對待車子的態度沒兩樣了。」

「這台車根本算不上是新車，我也不算是很保護，昨天我讓你開這台車就是最好的證明。

要是我買的是一台全新的積架，那你就會看到我像皇家侍衛一樣寸步不離地守著車，很有可能乾脆養隻杜賓犬用鍊子拴在上面。不過我認為我對這台車子的態度一直很合理，我甚至沒有在晚上用布把它蓋起來。」朵拉表現出惱羞成怒的模樣，但她的笑容讓大家看穿了她的演出。

「妳都開車去倫敦啊？」佩吉詢問的時候，在心裡面想像著，這麼長的路程對她或亨利而言會有多麼吃力。

「喔，沒有，我想買車只是為了有交通工具可以來回劍橋車站，還有其他一些跑腿的事。我買了這一輛是因為我認為這台車可以滿足我的需求。」

「史匹曼教授可以準確地說出妳為什麼購買這台車的理由，朵拉。我想我告訴過妳了，他是美國的經濟學教授。」

「在這種情況下要說出理由應該不難，我剛剛才說過，我買這輛車是為了要到火車站。」

「不是，我的意思是說真正的理由，符合理論的理由，根據妳的效用函數和那些東西計算出來的理由。」派卜的回應，似乎是在逗引亨利．史匹曼加入談話。

「我能夠想到和經濟學有關係的，只有我付了不少錢。不過這對我而言感覺是最好的選擇。」朵拉以欣賞的眼光看著最近購入的所有物。

「我試著讓她買下一台幾乎一模一樣的車子，價格也一樣，那是我朋友的車，狀況真的很好，我甚至把車開來給她看，但是結果她怎麼樣呢？完全忽視我，自顧自地跑去向車商買了這台車。」派卜對史匹曼夫婦說話的時候，用拇指指向他的朋友，然後向著朵拉半轉過身，微笑著繼續說：「演戲的人總是比我們其他人要來得衝動；真的是這樣。」

亨利對女演員說：「妳選擇車子的方法，這次應該不會讓妳失望。在美國，據說二手車商有一套推銷說詞：『這輛車的前主人是一位小老太太，只有在星期天開車上上教堂而已。』表示購買這輛車的風險應該很低，如果有關車子來源的說法屬實。我可以想像，同樣的情況適用於當妳知道一輛車子的前主人是一位學院院長，一個禮拜只開一次車上上書店，這大概就是這台車所受到的耗損程度。這台車是屬於奈吉爾・哈特的。」

派卜和譚納以及佩吉全都一臉震驚。「你怎麼知道是這樣的呢，亨利？」他的妻子問道。

「妳不記得了嗎？那天晚上我們去海爾家，找不到可以停車的地方。賈德開車載我們，最後停的位置就在這台車的後面，賈德指給我們看，說這是奈吉爾・哈特的車，還說就算是學院院長，要在劍橋找停車位也不是件容易的事。我記得我特別觀察過這台車，是為了想要看看英國的院長是不是和美國大學的院長一樣，刻意選相當樸素的車子來貶低他們看起來的收入水準；我還記得後車窗上的這個黃色轉印圖樣，看到了嗎？B.C.，我猜是代表主教學院的Bishop College。

「不管怎麼說，譚納小姐，妳買到這台車子真是幸運。我可以肯定妳把車子借給史提夫會比借給我安全，而且我相信史提夫說的對——我們沒有擋到妳，是嗎？」

「沒有，絕對沒有。我甚至大概不會在你們離開之前出門。」

「事實上，我們應該不會逗留太久。」亨利接續話頭。「史提夫很好心，提議帶我們到處走走看看，我們不會去很久，馬上就會回來和你們的房東太太喝茶，然後就必須離開了。我太太今天傍晚要和我們的東道主去聽一場獨奏會。」史匹曼停頓一下，向派卜示意他們最好該出發了。

佩吉又加了句：「如果妳願意加入我們一起散散步，我們會很高興。」

「謝謝你們體貼的邀請，不過我想史提夫這個嚮導可不是白當的。你們每問他一個有關格蘭切斯特的問題，可能就要回答一個有關到美國念大學的問題做為代價。」

派卜和史匹曼夫婦出發遊覽這個風景秀麗的小村莊。

格蘭切斯特是個古老的城鎮，在一〇八六年奉英格蘭國王之命清查土地編纂《末日審判書》（*Domesday Book*）之前便已存在。破壞劍橋整個氛圍格調的二十世紀建築，在這個小村子裡完全不見蹤影。

「我們等一下走教堂巷，然後轉彎接往劍河的路，我想帶你們去看劍河最有名的一段，是你們昨天沒有看到的，因為我們沒有走到那邊。」

史提夫把客人帶到一處如田園佈景，如今稱做「拜倫潭」的地方。「他在三一學院唸書的時候，常到這裡來游泳。現在學院裡還保留著拜倫的房間供人參觀，但是這裡才是他愛來的地方。」派卜做了個誇張的姿勢，擁抱這片絕景。「我知道你們正打算買下讓馬歇爾得到啟發的地方，不過我們村子裡的人會告訴你們，這裡是拜倫受到啟發的地方。」

史匹曼說：「這裡確實是個美麗的景點，任誰來都不得不承認。但是如果他在這裡游泳閒晃就可以寫出作品，那麼我真是要說，我選錯行業啦！」

「亨利，要是你在這兒待上一天，結果會是滿腦袋想著這塊地的價值，或是每一英磅的牛肉時價多少。」

「佩吉，妳這麼說不公平喔。」亨利帶著微笑向妻子抗議。

「你看到了吧，史提夫，身為經濟學家必須忍受什麼樣的對待？或許你應該重新考慮念這個領域的研究所，因為你只會被誤解，甚至被你所愛的人誤解。」

走回索特馬許太太家的路上，讓亨利和佩吉有機會與派卜討論前往美國大學進修的可能。亨利建議派卜先進中階的學校，在這種學校裡派卜很有希望得到獎學金等經濟資助，然後如果他在學業上表現優異，便可以用漂亮的成績申請進入頂尖學校的博士課程。

「我不知道耶，史匹曼博士。有時候我會懷疑自己是不是念大學的料。我感覺我已經做得夠多的了，我有努力持續念經濟學方面的書，我知道應該每天都要奮鬥不懈，可是我有河上的工作要做，這就佔去我很多時間。而且我想花點時間陪房東太太。」史提夫指著他們前進的目的地，索特馬許太太家。「她是個很好的人，而且我覺得她也有點寂寞。我的家人住在薩摩塞特，有空我想盡量去看他們。還有，我也想要踢踢足球。如果我花時間踢足球，我會感到有罪惡感，可是踢足球可以讓我保持身體健康。」

「為什麼要感到有罪惡感？」史匹曼問。「你剛才說的那些，只不過讓我知道你在最佳化利用你的時間。從你學過的經濟學應該就可以知道：我們永遠在做取捨，就像你剛才所描述的情況，多一點點時間做這個，代表少一點點時間做那個，在取捨之間，我們逐漸趨於均衡。你的最佳化行為並沒有什麼不對，而且也並不讓人意外。」

他們穿越索特馬許太太家庭院草坪的時候，派卜認出索特馬許太太的聲音，正從後門那邊呼喚他們。

「你們不如從後面這邊進來吧。我已經盡量把客廳弄得整整齊齊，可是似乎每個來訪的人最後都會停留在房子後面，或是在廚房裡；所以過來吧，乾脆從後門進來。不過我們會在客廳裡喝茶——如果沒有人介意的話，我們就這麼辦。」

史提夫・派卜介紹索特馬許太太認識他的客人，史匹曼夫婦向史提夫的房東親切地點頭表示招呼。早先史提夫就跟佩吉和亨利解釋過了，索特馬許太太對人總是大剌剌的，但是其實在內心深處，她是個非常害羞的人，特別是對那些她認為社會地位比她高的人。

等到所有人都入座，面前放著熱氣蒸騰的茶杯之後，索特馬許太太開口：「史提夫告訴我，說你們到這裡是來買房子的。」

亨利・史匹曼解釋道：「我們是在注意一棟房子沒錯，不過不是為了我們自己，史提夫大概已經跟妳說過了吧。我們想買的房子，曾經有一位非常卓越的劍橋經濟學家在那邊住了很多年，為了實現教育的目的，我們想好好保存並發展這棟房子。」

索特馬許太太遞給客人一個鍍銀的托盤，上面放著裝橘子醬和其他果醬的容器。「塗一點在烤煎餅上會更好吃喔。我知道不是每個美國人都喜歡這種帶果皮的橘子醬，可是這種不會苦。不過如果你們想要的話，這裡還有一些是我自己做的草莓果醬，蠻好吃的呢。橘子醬是從店裡買來的。不過我可以拍胸脯擔保草莓果醬的品質。」史匹曼夫婦兩人都選了草莓果醬。

派卜一邊往自己的茶裡加牛奶，一邊找話題聊：「大媽啊，我帶史匹曼夫婦走遍了整個格蘭切斯特，然後談了有關我要去上大學的事。」

索特馬許太太接話：「史提夫是個很聰明伶俐的孩子。聽我的準沒錯。我從來都拿算數沒辦法，但是史提夫可以輕而易舉地幫我算出開支總數，我告訴你們，他可是用心算的喔，而且結果總是正確的，連一分錢都不差。收他當學生，絕對會讓你們感到很光榮。倒不是說我希望他走，好不容易收了個好房客，又要看著他走實在很難過，任何有收過房客的人都會這樣告訴你。失去史提夫，感覺就像失去家庭的一份子。」

「我沒有要走啊，大媽。我在這裡還有事情要做。史匹曼教授只是告訴我，在美國還有哪些可能的選擇。」

「教授啊，如果你們買到那棟房子，是不是可以讓史提夫就在那裡唸書呢？」索特馬許太太滿懷希望地提出問題，臉上的皺紋縱橫交錯擠在一起。

「恐怕不行喔，」史匹曼把吃了一半的烤煎餅放在盤子上回答問題。「我們的構想是，讓已經有所成就的青年經濟學家來使用這棟房子，而不是學生。或許有一天，等史提夫開始建立自己的名聲，他可以回到這裡來。從史提夫對我說過的話裡面，我可以知道就算他離開了這裡，他也不會忘記妳的。如果他回來，我猜想他還是會寧願和妳一起住在這裡，而不是住在曼汀里路。

「無論如何，我們都還沒有最後定案得到那棟房子。妳可能也知道，這棟房子之所以能夠有機會再度成為我們的，還是因為發生了一起非常不幸的事件。」

索特馬許太太沉重地說：「我們全都知道哈特博士的事，連格蘭切斯特的人都聽說那件謀殺案了。那個人甚至連房子都沒機會踏進去，結果卻死在一個箱子裡。我對於這種事情是很迷信的，如果你的日子過得很順利，最好是一切照舊，不要做任何更動。」

她為自己多倒了點茶，又請客人多喝一些。「你絕對沒辦法讓我搬離這裡，就算是搬到曼汀里路也不行。我跟史提夫說過，要把我弄出這棟房子，得用靈車來抬才行。早一天都不行。可憐的人。倒不是說我認識他，當然啦，不過我認識的每個人都說，警察找不出兇手是誰，實在是太可怕了。如果警察沒辦法抓到殺害他的人，就沒辦法結束那個人的苦難。我還記得以前的日子，警察是會解決犯罪案件的，而且動作很快。現在啊，他們只會不停地調查。」

佩吉主動接話：「喔，我猜兇手會被抓到的。」接著她臉上又閃過不確定的神色。「或者這只是美國人的偏見？英國警察是如此聲威遠播——至少在美國是這樣。我們以為蘇格蘭警場永遠能夠破解犯罪案件。」

索特馬許太太馬上回答：「那是電影和電視上演的事。但是在這裡，我認為警察搞錯方向了。用目前這種方式，他們是沒辦法解決這個案子的，你們等著瞧吧。陶格先生也同意我的看法，他是教堂巷的麵包店師傅。」

「大媽有一套理論，說是知道誰殺了奈吉爾・哈特。」派卜解釋。「她很有把握她是對的。」

亨利帶著些許好奇問道：「妳的理論是什麼呢，索特馬許太太？」

「是學校的員工啦，一定是他們幹的。警察到處亂抓人，去找其他導師甚至商人，我是這麼聽說的啦。我不敢肯定商人怎麼樣，不過我敢說絕對不是那個導師做的。我們格蘭切斯特這裡住著一些導師，他們沒那個膽量去做那種事。就算是員工，我可以告訴你，一段時間以前也不會做出這種事。學校正式雇用的宿舍管理員或舍監，絕對不會想到要傷害學院院長。但是今天的年輕人不一樣囉，他們一點也不珍惜穩定的工作，對什麼事都吊兒郎當的，不夠尊重。而且他們比較無情，說上他們幾句就要報復，不管罵他們的是不是有理。所以絕對是員工幹的，至少這是我的推理啦。不過話又說回來了，我並不指望有誰會注意一個老太婆說的話。」

「不要妄自菲薄嘛，索特馬許太太。」佩吉把手放在索特馬許太太的手臂上，介入調停。「在美國人眼中，英國最著名的業餘神探就是妳這個年紀的一位女性，在警方碰了好幾次釘子之後，終於學會不可忽視瑪波小姐的直覺。他們可能也會學到，不可以忽視妳對哈特博士謀殺案的理論。」

這樣的比喻讓索特馬許太太受寵若驚，不禁在心裡想著，和這兩位美國客人聊天實在太愉快了。

第十九章　逆向選擇

佩吉・史匹曼轉動客房的門把，走進黑暗之中，右手沿著牆壁摸索，想找出記憶中電燈開關所在的位置。徒勞無功的探索之後，隨著她的眼睛適應了室內的昏暗，佩吉這才發現，原來落地燈是在進門的左手邊。

她拉動從插座懸盪垂下的小鍊子，錯愕地發現自己並不是房間裡唯一的一個人，她的丈夫完全無視於她的存在，此刻動也不動地坐在板凳上，一邊手肘撐在桌面，下巴靠在掌心裡。

「亨利，你嚇到我了！你坐在這麼黑的地方幹什麼？」

「我坐下來的時候天還沒黑呢。恐怕我是渾然忘卻了時間的流逝。現在是幾點啦？」他匆匆瞥了眼腕錶。

「大概八點半左右。賈德和我剛聽完獨奏會回來。你一直都待在這裡嗎？」佩吉穿過房間，拉上窗簾。

史匹曼把眼鏡推到額頭上，揉著眼睛，臉上是疲倦造成的深刻紋路。

他半轉過頭，疑惑地看著妻子：「妳媽媽後來到底有沒有買我們討論過的那個人壽保險啊？」

這天外飛來一筆的問題出乎佩吉意料之外，但她很快領悟到，丈夫正處在某種情緒當中，她縱容地對著他露出微笑。

「你先說。你先回答我的問題，然後我再回答你的問題。」佩吉愉快地看著丈夫。

史匹曼帶著淺淺的笑容回話：「佩吉，我要坦白招供。還是老話一句，恐怕自從妳嫁給我以後已經聽了很多次了。我太沉醉在自己的想法裡，所以沒有聽清楚妳的問題。」

「嗯，事實上我問了兩個問題，不過這兩個問題是相關的。我不明白你坐在一片黑暗裡在做什麼，然後我想知道你是不是從我離開之後就一直坐在房間裡。你的回答——其實並不完全是在回答我的問題，我想你也知道——是問我媽媽買了保險沒有。」

「關於我在做什麼，我是從妳離開之後就一直坐在這裡，思索今天發生的事情，所有那些不同的事件，試著把這些事件串連在一起。」史匹曼的態度激動了起來。「我發現自己在房間裡走來走去，然後在某個時候，我猜是在天剛暗下來的時候，我在桌子旁邊坐下，好從新的角度去整理我的思緒。接下來發生的事，就是我感到電光一閃。」

「那是我進來的時候，我把燈點亮了。」

「不是，是在那之前。突然之間我開竅了，我必須叫警方去偵訊朵拉·譚納，到了這個時候，我又開始拿不定主意，該怎麼去對警方說。就算是在美國，做這種事情就已經感覺夠奇怪的了，何況是在這裡，我更不了解英國警察辦案的程序。不管怎麼說，一定就是在大約這個時候妳回來了，點亮了燈。我剛才正想到要怎麼向警方解釋我的推論，然後我就想起我們討論妳媽媽保險的事。」他的話聽起來顛三倒四，毫無章法可言。

「我想她應該已經買了保險，我沒有真的和她確認過。但是那又怎麼樣？這和朵拉·譚納的事怎麼會扯上關係？」

「有關係，因為你媽媽不是摩托車賽車手，也不是特技飛行員。她開車很小心，吃東西很注意，從不飲酒過量，還有個好醫生。這些事情她自己知道，但是保險公司不知道，或者至少保險公司不像她本人知道的那麼清楚，她對於自己的資訊知道的比他們多。她是個很好的保險對象，但是保險公司並不知道她好到什麼程度。」

史匹曼從椅子上站起身走向窗戶，稍稍撩起窗簾，向外凝視著夜色。然後他轉身面向佩吉，身體往後倚靠著窗台。

「保險公司也無法肯定誰是不好的保險對象，但是那些高風險的人他們自己知道，保險對他們來說是筆划算的交易。為了在經濟上能夠生存下去，保險公司不得不向所有人收取更高的保險費，這使得對於像你媽媽那樣的人而言，保險顯得更不划算。如此一來，便成了逆向選擇（adverse selection），結果是極不符合經濟效益。可能發生的情況是，只有風險最高的人參加投保，其他所有人都被趕出市場。」

「所以呢？」佩吉的臉上還是一片茫然。

史匹曼猛地吸了口氣：「所以我就要用這種方式，讓警方了解為什麼他們有必要去找朵拉．譚納。」史匹曼不帶感情地說。

亨利．史匹曼離開窗台，下定決心朝著走廊上的電話前進。他在電話桌底下找到了一本邊緣折角破損的劍橋地區電話簿，飛快地找出警察局的電話號碼，開始撥號。

「晚安你好，我的名字是亨利．史匹曼，我是從耶穌綠園附近的賈德．麥當勞教授家打電話過來，想要和負責偵察奈吉爾．哈特謀殺案的探長說話，可以請你幫我轉接過去嗎？」

「負責本案的是福布希副中隊長，我想他現在應該還在局裡。你說你的名字叫史闢門？」

「史匹曼，亨利．史匹曼。」

「喔，史匹曼？然後是有關哈特案子的事？……好，我寫下來了，先生……你剛才說你的名字是？……喔，對了，非常抱歉……是史匹曼……請等一下，先生。」

唐諾・福布希副中隊長是劍橋市的警力當中，坐第二把交椅的探長，他和頂頭上司共同承擔追查奈吉爾・哈特謀殺案的責任。在英國的東英格蘭地區，殺人案極為罕見，福布希和他的同僚處理這類案件的經驗全部加起來，總共也才不過三件，而他們的平均打擊率是相當可觀的點六六七，也就是三分之二的破案紀錄。

「我是福布希，我知道你打來是要談哈特的事。有什麼我可以效勞的地方嗎？」

史匹曼答覆之前躊躇了一下。他的聲音聽起來顯得僵硬不自然：「我相信我可以告訴你是誰殺了奈吉爾・哈特。」

「好的，先生，那麼你說那個男的會是誰呢？」福布希聽起來充滿懷疑。

「事實上，那是一個女人。」

這次輪到福布希遲疑了。「喔，我懂了，先生。你可以告訴我她的姓名嗎？」

「是的，我可以告訴你，我見過她，她的名字是朵拉・譚納。」亨利・史匹曼開始進一步解釋他的推論背後所依據的理論，說明為什麼是那個女演員殺了主教學院的院長。福布希探長耐心地聽完整段解釋，接著又要求史匹曼重述一次。

「我不確定我是不是完全了解你所說的，先生，但是我懷疑是不是有足夠的證據可以逮捕她。」

「福布希探長，我所要求的，只不過是請你明天跑一趟去拜訪譚納小姐，問她奈吉爾．哈特死亡的當時她人在哪裡，然後問她為什麼買下了奈吉爾．哈特的車。我建議你下令搜查那輛車子，我認為毫無疑問地，殺害奈吉爾．哈特的那把刀子曾經放在那輛車上，或許可以找到血跡證明。在尋找真相的路上，你有你的辦法，我有我的。」

「如果是這樣的話，我很樂意與你合作。」福布希回應。「我就冒一次險，你有可能是對的。你認為這樣如何，史匹曼教授，明天早上你和我一起去格蘭切斯特，我們兩個可以同時觀察譚納小姐的反應，看看她直接面對你的理論時會怎麼樣。」

探長的回應讓史匹曼很滿意，他可以了解福布希為何會對他的分析有所疑慮，史匹曼的經濟學推論對於不是經濟學家的人而言，不是太有說服力；然而縱使福布希無法完全理解，他似乎隱約聽懂了牽涉到資訊不對稱（asymmetric information）的種種細微奧妙。至少福布希認為史匹曼有可能是對的。而在這個案例中，史匹曼就是知道自己是對的。

第二十章　由繁化簡，由簡化繁

他錯了。福布希估計，目前距離譚納小姐死亡只過了短暫的一段時間，屍體尚未出現死後僵硬的情況。脖子的部分有些僵硬，但是身體上的大塊肌肉還沒有變成強直狀態；左眼上方的一塊紅色污漬，透露了子彈進入頭骨的位置。兩位男士發現她的時候，她坐在椅子上，頭歪向一邊靠在椅墊上，眼睛呈現死人那種失去神采的呆滯凝視。

就史匹曼看來，客廳顯得一片平靜，和他記憶中造訪史提夫・派卜的時候一樣。一套茶具放在椅子旁邊的桌上，史匹曼摸了摸茶壺的側邊，水已經涼了。他走向廚房。

廚房整齊清潔，與史匹曼腦袋裡嗡嗡作響的一團混亂形成對比。他所知有關資訊不對稱理論的每一條線索，都引導他堅信是譚納謀殺了哈特；但是過了約莫兩個禮拜之後，譚納自己竟然遭受到同樣的命運，在他講究條理的心智看來未免顯得過於巧合，令他難以接受。兩個禮拜之內，發生了兩起謀殺案，由兩個不同的兇手犯案？不是不可能，但是機率肯定不高。

研究事情發生的可能性不是史匹曼的強項，他所接受的訓練，是屬於機率的世界。正是機率的計算，將他導向譚納小姐是殺害哈特兇手的結論，但現在看來另有其他的推論法，把另一個人導向譚納。有個殺人兇手謀殺了另一個殺人兇手？為什麼呢？其中必有緣故，但史匹曼卻摸不著頭緒。想當然爾是謀殺哈特的兇手再度逞兇，而這次的受害者是譚納小姐。多奇怪啊，史匹曼竟然會認為譚納是兇手，而真正的兇手竟然又剛好選擇了譚納做為下一個受害者。

福布希探長走進廚房，中止了史匹曼的胡思亂想。「我看了一下其他房間，如我所料，沒有人在。索特馬許太太一定是出去了，那個你認識的小伙子——是叫卜派來著嗎？——他也不在。」

「那個孩子的名字是派卜，史提夫•派卜。」

福布希又說：「兇手很可能是她認識的人。沒有強行闖入的跡象，甚至沒有掙扎打鬥的痕跡，看起來好像她正準備請殺她的兇手喝茶。」

在這個關頭，福布希做出了決定：「我要立刻發布命令，把這個派卜帶來接受盤問，如果他還在這附近一百英里以內的話。我還要找驗屍官來才行。」福布希離開廚房去找電話。

剩下史匹曼一個人，他感到自己的推論演繹能力失靈了。沒關係，還有歸納法可以用。但他並不善於使用歸納法得出事實真相。他是一個理論家，最擅長的就是根據人類行為的基本定理建構假說，這種方法幫助他走了很長的一段路，讓他能夠從單一的案例中抽取出足以含括普遍情況的概念。從特殊推而廣之到普遍，這是種馬歇爾稱為「由簡化繁」的能力，也是史匹曼的強項所在。

史匹曼並不反對那些擅長操弄數字的經濟學同行追求「由繁化簡」的作品。經驗論者會問的是，感官所接受到的各種表面上互不相關的刺激，在雜亂無章中是否能夠發現某種模式？無窮多的事實證據，是否可以用某種方式加總起來，成為單一有窮的真理？馬歇爾相信，偉大的經濟學家既能由繁化簡地進行歸納，同時也具備由簡化繁的演繹能力。由簡化繁的第一步失敗了，史匹曼決定在索特馬許太太家繼續搜尋，看能不能找出由繁化簡的關鍵。

雖然知道要用歸納法，但史匹曼卻不知道該從哪兒開始著手才好。既然人在廚房裡，那就從這兒開始吧。流理台和水槽上方放置碗盤的櫥櫃還空出許多沒有使用到的空間，史匹曼想著，這反映出索特馬許太太的收入有限，而且沒有家人。水槽底下擺放一些清潔用品，許多容器上貼的標籤，史匹曼認出是美國的品牌。廚房的抽屜裡放著常見的用具：刀叉等餐具、菜刀、長柄杓、抹刀，還有其他一般人烹飪及吃飯時需要用的東西。

史匹曼離開廚房，開始檢查客廳。奇怪的是，在屍體面前一一檢驗客廳裡的陳設，他一點也不覺得緊張或膽怯，或許是福布希面對死亡公事公辦的態度影響了史匹曼。

史匹曼注意到有道樓梯通往二樓，他認為樓上應該是史提夫・派卜和朵拉・譚納的房間所在，史匹曼夫婦第一次見到譚納小姐的時候，她就是從樓上的一扇窗戶對他們探頭大喊大叫的。亨利・史匹曼走上木製的階梯平台，轉過一條短短的走廊，通到面向房屋正面的一間房間。史匹曼向裡面張望，看到一面張貼在牆上的劇作海報，他走了進去。

他先是研究那些海報，然後在廣告海報下面的桌子上，他看到了一台小型的留聲機。史匹曼打開了留聲機，笨拙地撥弄與留聲機並排直放著的大約三十張唱片，其中大部分是各種音樂劇的原聲帶。

接下來史匹曼看著床頭上方懸掛的小相框，一共有四幅，分別是四種不同英國花卉的維多利亞版畫，用拉丁文寫著花名，史匹曼在劍橋各地的二手書店和版畫店裡，都看過這種類似的版畫。他注意到房間裡沒有家人或朋友的照片，他走向房間後面的壁爐，壁爐架上陳列著各式各樣的化妝品和保養品。

窗戶的左邊有一張角桌，史匹曼的注意力轉向桌上散放的東西，他翻了翻不同劇作的節目單，發現都是朵拉・譚納曾經參與演出的戲劇；她從來沒演過主角，但是她的名字出現在史匹曼所審視的每一份節目單上，列在演員名單內。他還注意到，朵拉・譚納的演出經驗並不侷限於英國本土，她曾經跟著團體巡迴演出，在加拿大和美國等地表演，像是多倫多、芝加哥、底特律、聖路易、密爾瓦基這些城市，都留過她的演出足跡。

「驗屍官很快就會到。」唐諾・福布希的聲音打斷了亨利・史匹曼，他從史匹曼背後進了房間。「你在做什麼啊，史匹曼教授？每一樣東西都必須保持我們發現的原狀，你不能夠移動任何東西。如果你願意請跟著我到樓下去，我有些問題想要請教。」

兩位男士出了房間，回到發現譚納小姐屍體的客廳，探長請經濟學家在面對死者的沙發上坐下。

「史匹曼教授，在驗屍官和那些實驗室的傢伙抵達之前，我想先和你談一談，如果你不介意的話。」

「不會，請說。」

「好的。那麼，根據我們昨天傍晚的通話，我了解你相當確定譚納小姐是殺害哈特博士的兇手，我說的對不對？」

「完全正確。」

「那麼，當我們同意到格蘭切斯特來拜訪死者的時候，你的期望是，我們會質問譚納小姐有關她購買哈特車子的事，是這樣嗎？」

「是的，當時我是這樣想的。」

「如果是這樣的話，你始終認為我們今天早上到這裡來的時候，會發現譚納小姐還活著，而不是死了。到這裡我說的都還正確吧？」

「是的，顯然我們沒有必要大老遠開車來這裡質問一個死人。」

「所以你的立場是，儘管你知道譚納小姐刺死了哈特，你卻不知道她自己會在喝茶的時候被人射死。」

「一點也沒錯。我不知道她會被人射殺，我不知道她會死，我甚至不知道她會喝茶。」

「史匹曼博士，你以前曾經到過這棟房裡嗎？」

「是的，昨天晚上我在電話裡跟你說過了，我昨天和內人一起到這兒來，派卜先生答應帶我們參觀格蘭切斯特，這也是為什麼我一開始會認識譚納小姐的原因。」

「但是我想，你應該沒有自己到這裡來過吧？你只跟我說過，你昨天開車到格蘭切斯特來。」

「是的，沒錯。不過我是靠著地圖的幫助才找到這裡的。」

「有沒有任何其他人可以證實你今天早上的行蹤？我的意思是說，在我們一起出發到這兒來之前？」

「有，」史匹曼回答的時候，抬頭直視福布希。「我太太，還有麥當勞教授。」

「我了解了。那麼我猜想，你會說你今天早上稍早沒有到過格蘭切斯特囉？」

「沒有。如同我剛才跟你說過的，我是昨天到這兒來的。而且直到和你一起過來，才是第二次到這裡。」

「那麼請容許我問你這個問題，史匹曼教授，你先是指證譚納小姐是兇手，打電話給我，敦促我來質詢她，然後我們卻發現這個你宣稱是兇手的年輕小姐自己被人給謀殺了，這整件事是不是應該讓我覺得很奇怪呢？」

「是的，你是應該覺得奇怪，我都覺得奇怪了。我想唯一不覺得奇怪的人，大概只有那個兇手吧！」

第二十一章　舍監的記憶

將近中午的時候，亨利・史匹曼從格蘭切斯特回到劍橋；之前有一小群三一學院的院士邀請他共進午餐，此刻他雖然並不情願，但還是信守承諾出席。在格蘭切斯特所受到的震撼尚未消退，讓他感到很難和那些導師融洽地談天說地。

他很高興午餐終於結束了。早在發現朵拉・譚納的屍體前，史匹曼就計畫下午要抽空到小丘里的海弗書店去；從美國來的學者常在那家店裡尋找英國出版社所出版的書，因為這些書在美國不是那麼容易買到。讓自己流連徜徉於海弗的書堆當中，可以使他得到片刻喘息，暫時忘卻早上的震憾和中午的社交義務。

史匹曼夫婦說好了要去參加當天稍晚在國王學院禮拜堂舉行的晚禱，所以亨利・史匹曼離開了海弗書店，沿著他尚未探索過的後街，一路回到賈德・麥當勞的住所，在那兒和妻子會合，把早上發生的事源源本本地告訴了她。

小睡片刻，又沖了個澡恢復精神之後，他看到電視上開始報導譚納謀殺案；賈德很貼心地在他們房裡放了台小電視機。新聞報導裡播出了被殺害的女演員照片，指出她最近曾經在倫敦一齣劇作裡露面，又宣告劍橋警方正在追尋幾條可能的線索。

史匹曼夫婦興致盎然地看著播報員的報導，謀殺案在英國很罕見，值得媒體拿來大做文章。在英國，被謀殺的不必是名人，就足以構成轟動的謀殺案；任何人被謀殺的消息都具有新聞價值。

「你覺得我們該不該打個電話給史提夫‧派卜，向他表示慰問？」佩吉問。「他似乎很喜歡那個女孩子。」

「我在三一學院的時候有試著打電話給他，索特馬許太太告訴我，她到現在還沒看到他。今天下午我走回來的時候，甚至刻意經過出租平底船的碼頭，想看看是不是能在那兒找到他，結果那邊的負責人跟我說了件令人非常不安的事——聽說警察正在找他，要他接受偵訊，但是好像沒人知道他到哪兒去了。」

佩吉拿起錢包和外套，亨利則是帶著外套和雨傘，兩人開始往麥當勞家的前門走。「佩吉，在我們走去禮拜堂的路上，我想順道去一下主教學院的舍監傳達室。過去那裡不需要繞什麼路，我還沒有機會謝謝那邊的一個人，他幫我們指路找到了格蘭切斯特。今天我還沒去過那邊，所以我也想看看，說不定有什麼信件或訊息送來了。賁德通常會幫我把他看到的所有信件帶回家來，但是今天下午我還沒見到他。」

佩吉・史匹曼投給丈夫一個同意的眼神。

❖ ❖ ❖

「午安，先生。」史匹曼夫婦走進舍監傳達室時，華倫・索恩對著他們打招呼。「這裡有些您的郵件——有兩、三封信。」他邊說邊走向標示「訪客用」的文件小隔間。「不多，但是大部分院士似乎認為郵件不多是件好事，表示帳單不多吧，我想。」

亨利向主教學院的資深舍監介紹了他的妻子，又解釋了索恩先生如何不止一次地在亨利研究地圖時伸出援手。

「這個嘛，如果您不介意我這樣問的話，不知道你們是不是很順利找到格蘭切斯特了呢？還是你們在沼澤堤道盡頭的圓環遇上了困難？我們很多客人都覺得那個圓環很難走，真的是。」

「我不只有你這個優秀的行程規劃，索恩先生，還有我太太也是個很棒的領航員。我們無驚無險地順利抵達，連圓環都沒問題。實際上，自從我上次見到你之後，我去了格蘭切斯特兩次，一次是我們討論過的那趟旅行，今天早上則是在當地警方的陪同之下。」

「不會吧！警察？你該不是出了車禍吧，有嗎？」

「恐怕我必須要說，我的遭遇比車禍更離奇許多。有位年輕女性在格蘭切斯特被謀殺了，發現屍體的時候，我正和警察在一起。你可能已經在電視上看到相關新聞了。」

「不是電視，這裡沒有電視。院長才不肯讓我們在傳達室放電視，我知道的，有次我問過。但是我的確在今天的報紙上看到這件事，我們這邊可以看報紙，院長倒是不介意報紙。但是你說你在命案發生的現場？」

「是啊，我之前見過朵拉・譚納，今天早上是陪同一位探長過去找她，我們打算問她一些問題。」

華倫・索恩隔著舍監傳達室的櫃臺，用力盯著亨利・史匹曼看。「你們認為她叫朵拉・譚納，是嗎？她小的時候我認識她，那個時候她可不叫這個名字。她父親是我們學院的院士，也是個好人，是個紳士。他深愛那個小女孩，如果你曾經見過她，就會了解為什麼。但是他很年輕就死了，他們全家也都搬走了，我有超過二十年沒有見到那個女孩了。不過你記得我曾經告訴過你，我從來都不會忘記人的臉孔吧？名字會忘，但是臉不會忘。當我看到今天報紙上的那張照片，我就把臉和名字給拼在一起了，可是那不是譚納，那是黑司凱次家的小女孩——當然她現在長大了，可是確實是她沒錯。」

「你能夠確定嗎？」亨利問。

「我心裡是百分之百的肯定，她就是我跟你說過的那個人。前一陣子有天傍晚我看到她走進學院裡來，那個時候我還想不起她叫什麼名字——但是我敢肯定我認識她。然後我看到了報紙，當然啦，我說，那就是黑司凱次博士的女兒。可憐的小東西，我心裡想，和她爸爸一樣，年紀輕輕就死了。」

第二十二章 國王學院禮拜堂

佩吉原本就堅持要亨利和她一起，去參加傍晚在國王學院禮拜堂舉行的晚禱音樂會，現在她更希望優美的環境和光輝燦爛的音樂，可以轉移亨利的注意力，不要去想他在格蘭切斯特的恐怖發現。就佩吉本身而言，她也希望趁著還在劍橋的時候，在大學最著名的建築裡體驗晚禱禮拜。

亨利和佩吉一起端坐在禮拜堂的中殿裡，左右上方是二十六扇巨大的彩繪玻璃窗，頭頂上的扇型穹頂看起來像是一頂碩大無朋的華蓋，繁複的線條使人聯想到枝葉箕張交錯的棕櫚樹。白晝漸弱的日光透過西側窗戶的五彩玻璃流瀉而入，窗戶上描繪的圖樣是最後審判，在構成中殿內部的這一整塊圓頂空間內灑下波紋狀的陰影。史匹曼夫婦前面，是牧師和唱詩班座位所在的聖壇，還有一道風格古典的圍欄，出自十六世紀的佛羅倫斯雕刻家之手。佩吉對建築的興趣比起丈夫要濃厚許多，身處這座垂直式建築廣袤的內部空間，使她產生一種無足輕重的渺小感。她在旅遊手冊上讀過，國王禮拜堂的扇型穹頂是現存最大的，這座建築物也和以往大學附屬的禮拜堂不同，是依照主教教堂的唱詩班規模建造。

今天傍晚的聖樂是由莫札特作曲，包括五首聖經《詩篇》，每一首前面都加上了讚美詩及頌詞，擔綱演出的是學院唱詩班。音樂和建築的結合，讓佩吉感受到了雄渾壯麗的氣魄體現。禮拜儀式的莊嚴肅穆，正符合亨利・史匹曼嚴肅的心情。朵拉・譚納的謀殺案完全出乎他的意料之外，揭露出譚納以前的名字叫黑司凱次也同樣令人驚訝。先前他說服自己相信，只有譚納一個人必須為奈吉爾・哈特的死負責。譚納買下了一輛照理說她應該不知道來源和狀況的車子，而不是選擇另一輛，她有充分的消息管道，狀況良好又幾乎完全一樣的車，這件事讓史匹曼領悟到，朵拉之所以想要買下哈特的車子，是為了某樣更重要的價值，而不僅僅是做為前往火車站的交通工具。

最大的可能性，是朵拉・譚納殺了哈特之後，把她所用的刀子在倉促之間藏在哈特車上的某處，這也可以解釋為什麼凶器始終沒有被發現。買下哈特的車子，使她得以取回犯罪的證據，以免被其他買主發現。

但是一個謎題的解答竟然引出了另一道謎，在索特馬許太太家發現譚納的屍體，指向譚納有同謀的可能性，她和另一個人勾結，而這個人不信任她能夠守口如瓶，在她被逮到的時候先下手滅口。哈特的謀殺案，這個人肯定有份。

史匹曼並不熱衷於用共犯理論解釋每一樁謀殺案，但是有時候共犯在某個事件中佔有極高的可能性。舉例來說，史匹曼想著，要是一個政治領袖遭到槍手暗殺，然後第二天那個暗殺者也被殺害了呢？無可避免地會讓人想到，暗殺者很有可能是被另一個參與暗殺計畫的人給幹掉的。

同樣的邏輯也適用於譚納的案子，而這種推論又引發了新的問題：誰有這個動機與譚納同謀殺害奈吉爾・哈特呢？誰有試圖殺害墨利斯・范恩的動機？這三個人有什麼共同點？

在你右邊的主，當他發怒的日子，必打傷列王。
他要在列邦中刑罰惡人，屍首就遍滿各處；

唱詩班用英文吟唱著「上主如是說」的晚禱，歌詞裡吶喊著上帝無可辯駁的真言。然而亨利・史匹曼心中各種思緒紛至沓來，聖詩的詞句落入潛意識的深井，只有在那兒才能為他所吸收。他整個人繃得緊緊的，臉上刻劃著疲勞的線條。

范恩、哈特、譚納有什麼共同點，使他們在一個殘忍的惡魔心中被連成一氣？

敬畏耶和華是智慧的開端，男高音和低音齊聲合唱。在接下來的「認罪禱告文」中，唱詩班的其他聲部加入稱頌全能的上帝訓誡。

但是音樂和歌詞史匹曼只聽進去了一半，那個關鍵性的重要問題不斷在他腦海裡翻滾來去：范恩、哈特、譚納有什麼共同點，導致某人希望他們三個全部死掉？

聖歌現在來到了高昂的段落：

他家中有貨物、有錢財，他的公義存到永遠。

史匹曼電擊般跳了一下。

「怎麼了，亨利？」佩吉憂心忡忡地看著丈夫，因為擔憂而眉頭深鎖。

起初他沒有回應，唱詩班的歌詞提醒了他某件事。史匹曼摘下厚厚的眼鏡，低下頭，食指和拇指搓過眼皮，在鼻樑處併攏，用力揉捏。這個動作有時候可以刺激他的記憶，但他還是想不起來到底他被提醒的是什麼事。那些話是怎麼說來著的？

彷彿是在回答他無聲的疑問似的，唱詩班又重複唱起了那段：

他家中有貨物、有錢財……

他突然綻出笑容，整個身軀放鬆了下來。「答案是『貝立奧莊』！」他的眼睛閃爍著光芒。

「亨利，別這麼大聲。」佩吉豎起食指放在唇間，注意到坐在附近的幾個聽眾朝她丈夫瞥了一眼。「你在說什麼啊？」

但是亨利沒有回答，整個晚上第一次，他全神貫注地投入聆聽唱詩班的清唱，他們正以神職人員的莊嚴肅穆，用天使般的歌聲吟唱「頌詞」：

那有權能的為我成就了大事，他的名為聖。
他憐憫敬畏他的人，直到世世代代。

第二十三章　部分案情分析

「你說的對，亨利，我以後再也不會認為價格是不可以商量的了。思林說他要價一萬八千鎊的立場很堅定，然後他又寫信給我，說他多拿了五百鎊，但是等到那筆交易失敗，最後他從我們這邊得到的價格是一萬七千一百鎊。」

墨利斯・范恩向著桌子對面的午餐伴侶亨利・史匹曼發表這篇談話。

「你買貝立奧莊的時候省下了九百鎊，實在沒什麼好訝異的。這條原則從來沒有出錯過：一項物品的競爭減少，價格就跟著往下降。或許基金會現在有餘額，可以用來做一些我們討論過的額外項目，有關如何利用貝立奧莊的一些想法。」史匹曼放下菜單。「你有沒有考慮過，或許可以提供要住在這裡的學者交通津貼？」

「說真的，我沒有考慮過這件事。」范恩回答。

「我的另一個提議，就是利用這筆資金，協助和我們站在同一陣線的馬歇爾圖書館，促進馬歇爾著作的出版。如果說從一開始，基金會、貝立奧莊、馬歇爾圖書館就能建立起緊密的合作關係，那就太理想了。」

「我同意你的話，亨利，」范恩回應。「我們應該保持友好關係，我們在貝立奧莊做的事，和他們在圖書館做的事，不應該有所衝突。」

「我還有最後一個提議，就其本身而言和學術沒有關係，但是我認為非常適合。賈德・麥當勞帶我去了聖嘉爾斯墓園，參觀馬歇爾的墓地，狀況奇慘無比，讓我看了心裡很難過。那邊好像完全沒有人負責打理，草地上長滿了雜草，墓地上散落著石頭，整塊地方大體而言處於一種荒廢的境地。我不知道修葺馬歇爾的墓址總共要花多少錢，也許只需要一筆為數不多的金額，就可以保障永久有人照顧──我記得有種叫做『永潔』的契約。

「你也許還會想要考慮加塊墓碑，現在那塊墓地只圍了一圈邊石，寫著馬歇爾的姓名和生卒年。如果可以好好整理起來，來到貝立奧莊的訪客若想要參觀馬歇爾之墓，才可以看到比較像樣的紀念碑，而這也才符合我們試圖藉馬歇爾故居達到的目標。」

「好主意，亨利，我會深入研究這項計畫的可行性。我們甚至可以考慮，是不是應該提供貝立奧莊的訪客相關資訊，讓他們捐款贊助這整個計畫。如你所知，我們基金會對於能夠參與發揚馬歇爾學說深感自豪，但是錢多總是好辦事嘛。」

范恩和史匹曼正在艾伯之家用餐，從這間旅館到市中心只需要兩、三分鐘的腳程，摩登的設計，使這家旅館在古色古香的劍橋建築當中獨樹一幟。范恩和史匹曼上次來的時候所住的藍野豬旅館，便屬於更久遠之前的年代。

艾伯之家座落於旅館種植的樹叢當中，三面林木圍繞，正面對著劍河，前院繁花似錦的庭園隔開了旅館和劍河沿岸的步道。從他們所坐的露天平台上，范恩和史匹曼可以看到在河上泛舟滑向格蘭切斯特的船伕。

服務生過來接受點餐，范恩表示：「我要一份總匯三明治，麵包請用烤吐司片，還要一杯咖啡。」

史匹曼跟著加點：「聽起來不錯，我也來一份。」

「可惜佩吉不能來和我們一起吃午餐，我相信她一定了解我有多麼感激——說得更精確一點，是基金會有多麼感激——她願意過來協助我們買下貝立奧莊。對於房子的結構，她比我們兩個懂得都要多。

「我也很感謝你，亨利，接到臨時通知還願意趕回來，你所做的超出任何責任或義務之上，不論是對馬歇爾或對我。回去之後請把相關開支列出來給我，我一定盡快處理這筆款項。」

「佩吉說她很抱歉不能過來，她想趁著今天博物館有開門，去參觀費茲威廉博物館，不過你剛才說的話，我會轉告她的。我相信她聽了會很高興。」

午餐氣氛格外融洽，讓史匹曼不太情願提起占據他大部分心思的那件事。這件事和他們成功買到了貝立奧莊沒有關係，但卻更為急迫，因為這和墨利斯・范恩的安危有關。

史匹曼傾身越過桌面，稍稍降低了音量，對請他到這裡來的東道主說：「墨利斯，那次你死裡逃生——在平底船上的那次。我一直在想那件事。老實說，佩吉和我前天搭船走了一次同樣的路線，還雇了和你同樣的一個船伕。」

墨利斯・范恩揚起雙眉，眼睛瞪大：「別跟我說你們發生了類似的事情？」

「沒有，沒有，那不是重點，我們那一趟沒有……」服務生帶著他們點的菜出現時，史匹曼突然住口，保持沉默，直到年輕的服務生再度走出聽力所及的範圍之外。「我剛剛說到，我們的泛舟之旅無驚無險，我想讓你知道的，是後來發生的事——昨天下午發生的事。」

亨利・史匹曼開始述說昨天下午的事件，解釋他是如何接受史提夫・派卜的邀請，第一次造訪格蘭切斯特，在那邊注意到哈特的車子，得出了哈特是被現任車主謀殺的結論；這個現任車主是和史提夫・派卜分租同一棟房子的年輕女性。接著史匹曼又講述了他通知警方的過程，以及他和警察重回格蘭切斯特的時候，如何在史匹曼和那個警察兩人都完全沒有預料到的情況下，發現了那個年輕女性的屍體。那個年輕女性在她和派卜寄宿的那棟房子裡被謀殺了。

「警察似乎認為犯人是史提夫・派卜，因為找不到他的人，而且房東太太透露了這個年輕房客是如何迷戀被殺的女孩。就算是這樣吧，總之兇手依然逍遙法外，而且有太多的巧合，讓我放不下心來。」

「你說這話是什麼意思，亨利？」范恩問道。

「想想看，奈吉爾・哈特，他剛買下了貝立奧莊，就被一個年輕女演員給殺害了，那個女演員的名字是朵拉・譚納，表面上看起來和哈特沒有半點關係；然後在短時間內，譚納小姐自己也被謀殺了。而且在所有這些事件發生之前，你也差點死掉，就在你是貝立奧莊最有可能的買主那時候，發生了反常的意外。就是這個部分，讓我認為你那次發生的意外根本不是意外。譚納小姐，她也和貝立奧莊有關係。」

范恩露出懷疑的表情問道：「什麼意思？『和貝立奧莊有關係』？」

「現在我不想詳細說明。我認為曾經有人試圖要殺害你，我還相信不論是誰殺了哈特，他都不是單獨行動。殺手之一現在已經死了，至少還有一個兇手仍舊沒有落網。我說這些只是希望你小心點，墨利斯，你在劍橋的時候要注意自己的安全啊。」

「你認為貝立奧莊以某種方式把所有這些事情連結在一起？」范恩面前的三明治遲遲沒有

動口，剛剛聽到的消息，顯然使他大為震驚。范恩已學會尊重史匹曼的智慧，史匹曼對他所說的話，影響無法立刻消除。

「我也不確定。叫你小心，大概就像對著要搭飛機的人說：『路上小心』，一樣都只是種形式。我的意思是說，你能怎麼小心呢？不要擅自打開緊急出口？阻止空姐坐在機長的大腿上？如果我不能明確指出要你小心什麼，我知道說這種話其實沒什麼用。也許我要表達的意思只是說，你買到了貝立奧莊，我們的目標已經完成了，所以現在你應該讓手下的員工去規劃如何經營這個馬歇爾會館，你自己趕快回芝加哥去。不管那個不想讓你得到貝立奧莊的人是誰，或許他已經放棄了，也或許他已經透過某種方式達到目的了。」

「唔，有件事是可以肯定的，比起我們談話前，我現在感到不舒服許多。無論如何，我是不會讓這種事給嚇倒的。貝立奧莊的計畫還是我的第一優先考量，等到每件事都按照我的規劃進行，然後我才會回美國去，回到日常的工作崗位上。」

「墨利斯，你這種態度很健康。我相信等我和佩吉回到美國之後，我們還是可以保持聯絡。」

「那是當然。請你和佩吉務必要找個時間到芝加哥來作客，讓我有機會表達感激之情，感謝你們為基金會所做的一切，以及我希望能夠實現的，未來經濟學知識的拓展。到時候我做東，帶你們去畜欄客棧嘗嘗你們吃過有史以來最好吃的牛排。」

「聽起來很棒。」

亨利・史匹曼很高興看到范恩似乎回到了放鬆的心情，他想如果延續這條談話主軸，或許可以進一步緩和之前他可能造成的，在同伴身上產生的不安。「畜欄客棧真有大家說的那麼好嗎？」

「這種看法或許是我的偏見，可是那是我在芝加哥最愛的一家餐廳，多少年來我一直都上那兒吃飯。」

「你是土生土長的芝加哥人嗎？」

「是啊，我的家族發源於芝加哥，我也一直住在芝加哥，除了上大學的時候以外。」

「我知道你是范恩基金會的主持人，不過這個基金會背後是不是有家族企業在支持呢？我不記得曾經聽你提過這些事。」

范恩看起來一派輕鬆自在，重新開始享用三明治和咖啡。「我們家是老芝加哥囉，就像桑德堡[1]寫的那些東西。這也是為什麼我會知道畜欄客棧。我父親是做牛肉生意的，而這也是我

譯註：

[1] Carl Sandburg（1878-1967），美國詩人，生於伊利諾州。

現在的工作。用一般人的話來說呢，其實我經營的就是一家屠宰場。我並不常把這拿出來說，不過你是經濟學家，你了解自由企業是怎麼樣的，我知道你不會對我的工作有偏見。」

「有偏見？一點也不會。牛肉生意一定很迷人，有那麼多不同的面向可以研究。我記得曾經讀到過，消費者要求的牛肉部位有超過一百種不同的切法，還有，當然啦，你們也有賣牛皮吧。」

「喔，確實是這樣沒錯，我們什麼都賣。」

「最近受到關切的膽固醇問題，有沒有損害到你們的生意？就我看來，幾年前《時代》雜誌的封面故事報導了膽固醇和心臟病的關聯，會導致牛肉的需求下跌。」

「很遺憾，你說對了。現在的價格不比從前囉，而且不用說，牛肉的價格怎麼走，牛皮的價格就跟著走。現在大概是進場投入製鞋業的好時機。」

兩位男士繼續談話，劍河上的船伕也繼續撐著船往上游走。環繞艾伯之家的樹木，保護了用餐的人免受正午的陽光荼毒。對於范恩所告訴他的，有關牛肉生意的事情，史匹曼感到極有興趣。亨利・史匹曼和墨利斯・范恩繼續聊著。

第二十四章　佇立數學橋

矮小的經濟學家把腳踏在支撐橋樑扶欄的X形交叉結構上，撐起身子越過扶欄，手肘擱在六乘六英吋的木頭扶手上，緊握的雙手向外伸出河面。唯有高個子的人，才能倚靠在數學橋的欄杆上擺出沉思的姿勢，圍欄建造的高度並不適合讓人憑欄眺望，至少並不適合矮個子的人。這座通往王后學院的中世紀行人橋，設計時的用意是為了考驗建築師的能耐，設計者詹姆斯・伊索瑞吉想知道，木橋是不是可以不用任何釘鉚建造，依然能維持屹立不墜。一七四九年伊索瑞吉和他的承包商，詹姆斯・艾瑟克司證明了這是可能的。

後來這座橋考驗了好幾個世代的王后學院學生，王后學院的高材生把橋給拆了，拆橋的動機究竟是為了熱愛科學還是惡作劇，始終沒有定論，總之結果是有本事拆橋，卻沒本事找出重新安裝回去的正確祕訣。校方在無可奈何之下，最後終於還是用螺絲釘把橋連接回去，成了這位哈佛教授現在腳下所站的橋。

亨利・史匹曼爬上了這座拱橋的一半便停了下來，他並不是刻意站在這個地方欣賞王后學院的迴廊，也不是為了觀察在橋下綠水上漂浮的天鵝。頭上掠過一架飛機，嗡嗡的聲音他沒有聽到；遊客從他身後經過，無論向左走或向右走，他都沒有注意。史匹曼動也不動地站著，深深沉浸在他的思緒中。

史匹曼在腦海裡審視一連串環環相扣的事件，這些事件是他如今情緒低落的主因。他的思緒飄回第一次見到范恩，最初以為失去貝立奧莊時的失望，以及之後返回美國；接著是那通讓人不安的電話，雖然他覺得不應該，但還是很興奮成立馬歇爾機構的構想有希望捲土重來。然而他的內心深處有一股沉重的感覺，因為是在如此詭異的情況下重開談判。讓史匹曼煩心的，不只是哈特的死。確實，他這一行損失了一位傑出的成員，但是最讓他感到憂慮的，是這起案件的冷血無情，以及規劃犯罪的那顆惡魔般殘忍的腦袋。

藉著運用經濟學理論無懈可擊的邏輯推論，史匹曼找出了兇手。但他旋即發現，自己陷入了另一團甚至更深的迷霧當中，對史匹曼而言更加痛苦、更加可怕。因為，在追查哈特兇手的同時，他找到的是一具屍體。殺人兇手被另一個兇手所殺害，看起來像是，這個兇手比被殺害的女兇手還要老奸巨猾。

今天的午餐雖然愉快，但卻沒有抒解史匹曼的不安。他彷如靜止似地站著，沉思。偶爾他的思緒會失去焦點，他掙扎著想要撥開雲霧，洞見清晰。

期待的那一刻終於到來。

史匹曼從數學橋交叉的扶欄上下來，迎面而來的是川流不息的義大利小學生，在老師和導遊的陪同下，正要過橋進入對面的王后學院。史匹曼在這群活力十足的小朋友當中奮力擠出一條路，下橋向左轉，走一小段路接到銀街右轉，回復正常的步伐，經過達爾文學院，過了王后路，加快腳步走上西德維克大道。過了古典考古學博物館，右轉走進通往馬歇爾圖書館的庭院，史匹曼踏進建築物裡面，匆匆上樓來到卡片目錄區。

不到兩分鐘，只見史匹曼帶著從書架上拿下來的書，獨自坐在一張長桌前，在索引的幫助下，直接找到了他要的段落：「不同商品的價值之間許多最重要的交互關係，乍看之下並不明顯。考慮到聯產品的情況，亦即難以分別生產，而是來自同一生產源，或可稱之為擁有共同供應源的產品。」

史匹曼又往下讀了一頁馬歇爾的《經濟學原理》。他找到他要的東西了。

他從椅子上站起來，歸還了那本書，走向借書櫃臺。「不好意思，請問印有你們圖書館抬頭的那種信紙，是否有多的可以給我一張呢？」

❖　❖　❖

史匹曼回到麥當勞家，見到了參觀完費茲威廉博物館的妻子。「佩吉，我需要妳幫我做一件事。賈德不在家，但是我相信他不會介意我們使用他家的餐廳的。」

史匹曼夫婦移動到餐廳，坐在小小的橢圓形櫻桃木桌前，亨利拿出兩張紙放在面前，其中一張紙的上面印著：「劍橋大學馬歇爾經濟學圖書館」，另一張則是亨利的私人信紙，他在上面草草塗寫了一小段留言，然後簽上了自己的名字。完成之後，他抬頭看著妻子說：「這項東西呢，我需要女性的筆跡。」然後口述要佩吉寫下來，最後要求佩吉簽名，不過簽的不是她的名字，而是瑪麗・馬歇爾。

第二十五章 墓園驚魂

半夜的墓園是最安全的地方；或者說，這是亨利・史匹曼在穿過聖嘉爾斯墓園入口時，心裡所懷抱的想法。埋葬死人的地方對他而言不足為懼，死人沒什麼好怕的。貓頭鷹的啼叫，滿月月光下的狼嚎，夜色中蝙蝠的振翼之聲——這些聲音無論出現在墓園或麥田中，聽在史匹曼耳中都是一樣無動於衷。

這些思緒在亨利・史匹曼穿過聖嘉爾斯墓園大門的時候湧上心頭。這裡沒有鬼，有的只是偉大的學者，其中有些還是西方世界最偉大的學者，埋骨於此，但這並不表示他們的魂魄在附近徘徊。馬歇爾的墓地就在這兒，如果說只因為他的凡俗之軀埋葬在此，所以馬歇爾的幽靈會出現在聖嘉爾斯墓園裡，不免讓史匹曼感到荒謬得可笑。馬歇爾的精神會在他的著作中得到延續，而不是以看不見的鬼魂形式存在。

史匹曼的手電筒掃過穿越整個墓園的泥土路，他之前走過這條路，不過是在大白天，他所記得的只有沿這條路走到底，右轉，走到墓園西南方最遠的角落，就到了埋葬馬歇爾遺體的所在。

不靠手電筒的幫助，他還是可以辨識出附近的殯儀館輪廓，讓史匹曼得以確認他的方位，他知道自己很快就要真正踏進墓地了。史匹曼手中的光柱投向道路右側的墓石，喬治・愛德華・摩爾這個名字躍入眼簾。史匹曼繼續往前走，光線探往墓園的更深處，又看到了路德格・維根斯坦（1889-1951）。史匹曼再往前，出現更多的名字，但卻是些他不認得的名字：寇特尼・斯坦霍伯・凱利、拉亞・默德・拜闊汗、休・麥克艾利斯特。道路往右彎，正前方是一堵牆，標誌出聖嘉爾斯的後方邊界，再過去是一座庭園。亨利・史匹曼小心、緩慢地沿著彎道行進，手上的燈光持續在路面和墓碑之間遊走，在他左手邊的大型尖頂墓碑上，雕鑿出的名字是：法蘭克・蒲朗頓・拉姆齊（1903-1930）。

史匹曼停下腳步，讓光線停留在墓石的表面。聽起來像是枯枝斷折的一聲脆響，打破了靜寂的夜。亨利・史匹曼一動也不動，靜靜聽著。他關掉了手電筒等著，突如其來的絕對黑暗包圍了他。

保持靜止不動的史匹曼凝神傾聽，等到眼睛逐漸習慣了周圍的夜色。他是不是聽到背後的小徑上響起了腳步聲？

他認為最好不要再使用手電筒了。從現在起，他必須在黑暗中奮鬥。史匹曼把手電筒放進口袋裡，心裡想著，晚點還會用到，但不是現在。他重新踏上旅程，往墓園最遠那角的目的地前進。

先前史匹曼曾經去過那個地點，當時他根本不可能想到，自己會有需要摸黑找回原地的一刻。儘管保有對那個地點的記憶，但是當他的腳步離開道路的時候，他還是不太有把握。截至此刻為止，他始終沿著泥土路前進，但是接下來沒有路了，現在他是直接踏在墓地的草皮上。史匹曼估計，從拉姆齊的墳墓那兒算起，他往前走了大概十五英尺，然而他也知道，黑暗有可能會混淆他的距離感。

接著他的腳踩到堅硬的表面，讓史匹曼絆跌了一跤；他必須強自壓抑，才不至於喊出聲音來。在黑暗中，他的困惑轉變成了恐懼。

「碰！」

史匹曼的手掌和前臂接受了跌倒的衝擊，劇烈的疼痛沿著手臂迅速往上傳到肩膀。他無聲地咒罵著自己的笨拙，手腳並用撐起了身子，眼鏡歪歪斜斜地掛在臉上；他發現褲子的膝蓋部分破了，又檢查了褲子口袋裡的手電筒是不是還在，幸好還在。史匹曼摸著掌心確認，沒有流血，但是擦傷的地方開始感到刺痛。

史匹曼保持蹲伏的姿勢，直到恢復鎮定。他摸索著附近的地面，先是檢查了兩側，然後一路摸回最初跌倒的地方。手上傳來的感覺告訴他，在他腳邊有一道往左右延伸的石造邊欄，高約三英吋，突出於地面。這就是害他跌倒的罪魁禍首。現在史匹曼知道自己走到哪兒了，諷刺的幽默感在他心中慢慢浮現：這裡就是馬歇爾的墓地！

史匹曼單膝跪著撐起身子，身處墓園何方的問題不再困擾著他，但他知道不能在此地久留。他站起身，左手邊不遠的地方有一株高大的紫杉，他緩緩地朝樹的方向移動，隱身於樹後，藏在從他跌倒之處看不到的位置。

史匹曼靠在樹幹上休息，他知道要守候的時間可能會很長，把他帶到這兒來的原因，可能在接下來幾個小時暗夜中的任何一刻發生。他開始抱著守夜的心情警戒。

❖ ❖ ❖

從開始等待到現在，史匹曼估計已經過了兩個小時，不過疲勞尚未來襲，他有如日正當中般的警醒。他的眼睛已經完全適應了黑暗，從他藏身的樹後往外看，可以看到影影綽綽的墓碑形狀，一切平靜到不能再平靜。

然後有了動靜。起初只是一個白色的小光點，在遠處高低起伏，落在史匹曼眼裡，彷彿像是脫離了形體隨心所欲地漂浮著。那個光點有規律地左右來回擺盪，沿著墓園的側邊跳動前進，無聲無息。

接著光點變成了一道光柱，史匹曼的眼光緊緊盯著那道光線，努力睜大眼睛想要看清楚導引光線的那個人影。在這個時候，史匹曼還是什麼都聽不到——除了他自己的心跳聲以及吃力的呼吸聲以外。然後他看到了一個人影，慢慢朝著泥土路走過來，手電筒的光芒照亮了路面，在道路向右彎的地方停頓了一下。史匹曼屏息觀察，此時燈光指向西邊，往史匹曼的方向照了過來，他趕快往樹後面躲。他不能冒險讓光線暴露出他的位置，他必須一直躲著，直到光線停在史匹曼預料的地方。

現在，史匹曼可以聽到聖嘉爾斯墓園最新出現的夜行客所發出的聲音了。藉著燈光的優勢，人影移動的速度比史匹曼方才快了許多。一開始史匹曼只聽得見低沉的腳步聲。腳步聲停了。又過了幾分鐘。接著響起了史匹曼所期待的聲音：一半是摩擦，一半是撞擊的混合聲響，史匹曼立刻認出了那是什麼聲音。他知道他必須耐心等待，狐狸已經入彀，史匹曼要等他的獵物自己一路掘進陷阱裡。他把肩膀靠在樹幹上休息。

史匹曼看不見手錶，所以他開始在心裡默數。他預計要等待個三十分鐘，他知道等得越久，他的獵物就會越疲勞，證據也會越明確。然後就是該行動的時機了。

鐵鍬撞擊泥土和石頭的鏗鏘聲持續著，沒有減弱的趨勢；地面被劃開，長方形緣石內的泥土被往外移，發出有韻律的節奏。

亨利·史匹曼行動了。

「我討厭打擾如此專心致力工作的人。相當精采的表演，不過褻瀆墳墓簡直是埋沒你的天分。謀殺——這才是你真正最擅長的。擅闖民宅？還有進步的空間。共謀殺人？可能是最棒的一幕。別忘了還有詐騙。」亨利·史匹曼從樹後走出來，手電筒的光芒穩穩落在墨利斯·范恩的臉上。「對了，順便告訴你，你在這裡所做的苦工都是白費，瑪麗·馬歇爾並沒有挪動那些股票；我也沒有。」

起初范恩看起來像是一隻受到驚嚇的小鹿，在迎面而來的車頭燈籠罩下動彈不得；他的右腳凍結在鐵鍬突出的部位，微曲的腿正準備再一次施力往下挖掘。他領悟到沒有繼續這個動作的必要，便鬆手放開了鐵鍬，任其插在墳地上。

「亨利，在這兒看到你實在讓我太驚訝了。而且我也覺得很不好意思。我知道盜墓是一件很不道德的事，但是當你送了那張便條給我，說那些股票被埋在這裡，我終於禁不住誘惑。我想拿到那些股票也是為了貝立奧莊啊。」

「你就是不肯罷手是吧，范恩？我可以了解為什麼你會踏入演戲這一行，任何一個人要是能像你這樣把戲演得如此逼真，都可以製作出第一流的戲劇。我雖然不是吃這一行飯的，但是人看到天才總有辨識的本能。」史匹曼手上的燈光持續在范恩臉上流連，范恩也拿出了自己的手電筒，照射史匹曼做為回敬，兩道光柱在黑暗中交叉而過。

「亨利，我不懂你在說什麼，但是我知道你完全誤會我了。如果你願意跟我一起回艾伯之家，我可以證明給你看。」

「我不認為我錯了，范恩，」史匹曼粗魯地回嘴，「我知道你安排讓朵拉・譚納去殺害哈特，之後你又殺了她。當然啦，整個基金會的事全都是幌子，我現在才算認識到，你為了得到貝立奧莊可以不擇手段。」

「貝立奧莊是個好地方，亨利，但是犯不著為了馬歇爾的故居而殺人啊。」

「除非是，如同永遠正確的聖經詩篇作者所說的：『他家中有貨物、有錢財。』在這種情況下，房子的價值高於購買價格。亞當・斯密區分出使用價值與交換價值的差異，你也很清楚其中的差異。」

「你到底想要怎麼樣？」范恩焦躁地問道。「我沒時間陪你玩文字遊戲。」

史匹曼走向墨利斯・范恩：「有件事你倒是說對了，你沒有時間了。」

「亨利，別做蠢事。這一切還有機會挽回，我的意思是，對我們兩個都好的結局。我說的是好幾百萬美元哪。你大概沒有概念，那些股票在今天有多少價值，但是我知道，我調查確認過了，銀礦是半點也沒有，但是鈾礦可值一大筆錢哪。你和我，就我們兩個人知道貝立奧莊的祕密，明天我就可以過戶成為貝立奧莊的新主人，可以自由進出。賣了股票，得的錢我們一人分一半，我們要做的只是搜索閣樓，直到找到為止。」

「那兩起謀殺案的罪行又要怎麼分？我猜想這個部分你也會想要一人一半。」史匹曼一邊說著話，一邊緩緩靠近范恩。

「這個部分你不需要擔心。哈特是譚納殺的，譚納又死了。警察認為我是被攻擊的目標，而不是嫌犯。」

「啊，對了，那個砸到平底船上的啞鈴。那真的是一場意外，對不對，范恩？」

「我想我應該感謝某個粗心大意的學生，帶給我這樣的好運。這個事件讓警方從沒懷疑到我頭上來。」

「你的提議我很有興趣。」到了這個時候，史匹曼已經和范恩面對面了。「但是有一件事情我必須知道。我了解你為什麼想要哈特死，但是你為什麼又殺了譚納呢？」

「我沒辦法信任她。到最後她可能會洩漏口風。到最後她有可能會轉而敲詐勒索我。她以為她愛上我了，我哄了她一陣子，但是這整件事太不穩固了。而且，亨利，你相信我，她根本不算什麼，只是個不入流的小演員，始終沒辦法忘記她爸爸的死。我利用了她的復仇心，我就是利用這點說動她去殺了哈特的。後來我又慫恿她偷偷潛進貝立奧莊，叫她去閣樓裡找那些股票，倒楣的是，思林回來了，她還沒來得及拿回那些股票就得跑了。」

「你又是憑什麼相信到最後我不會勒索你？」

「喔，我很肯定，」范恩回答，「因為這個！」

這一擊的動作很快，但並非完全出乎意料之外。范恩雙手齊出，用力一扭拔起了插在地上的鏟子，以握球棒的姿勢抓住把手，肩膀放低，接著凶猛地往上一掃，往史匹曼的臉揮去。要是這一擊真如范恩所願，成功打中史匹曼，只怕史匹曼的頭部將慘遭鏟子背面的蹂躪。

但是史匹曼退了一步，舉起手臂保護頭臉，結果是肩膀擦過這沉重的一擊，他又往後退了些，腳跟撞到圍住馬歐爾墓地的緣石，再度失去平衡，往後傾倒，在黑暗中呼喊出聲。

范恩發動第二擊，揮向指控他的討厭鬼，但是他沒有料到史匹曼會跌倒，偏離他所預計的位置，鏟子在夜空中畫出一道弧線，撲空的餘勢帶著范恩向前轉，就像使出全力打擊內角快速球的打者揮棒之後的動作。史匹曼聽到鏟子颼的一聲從他頭上掠過，趕忙手腳並用地爬開，耳中聽到的是范恩的咒罵，以及鏟面劃過空氣的聲音。

史匹曼知道黑暗是他最好的盟友，保持這種低姿勢，或許能夠逃離針對他而來的致命鏟子揮舞攻擊。他爬得更快了，膝蓋和手感到的是堅硬的地面，還有尖銳的碎石，身側擦過的是花崗岩墓石粗糙的邊緣，他在想不知道是不是該躲到這塊墓碑的後面。他決定繼續爬，突然之間他的手與地面失去接觸，遇到了一片空無，但是他停不下來，直往下摔了個倒栽蔥，頭先落地，像是身下有扇活板門突然被打開。

史匹曼四仰八岔地躺著，掙扎著呼吸，他需要大大喘一口氣，但是他又怕發出聲響。他大口大口地吸著空氣，等到喘過氣來，他注意到了熟悉的氣味。

「真是太方便啦！新挖好的墳墓，明天某人的喪禮要用的。你真該搶先一步試試看，亨利。」史匹曼往上朝著聲音的來源處看，但卻被炫目的手電筒光芒照得什麼也看不見。說話的無疑是范恩。

「你總是喜歡選擇，教授，這是你最後一次選擇啦。你是想要被活埋呢，還是想要先被打昏再開始埋？或者這兩種選擇對你而言無異？」

史匹曼還沒來得及回答，就感覺到第一鏟土落在他腿上，情急之下他拚命地想要站起來，但是很快又發現他必須保持在范恩鏟子的攻擊範圍之外。土越落越快，史匹曼領悟到對他這種身高的人而言，這個墓穴的深度太深，很難爬得出去，就算頭上沒有攻擊他的敵人在那兒等著都很難脫困。一大團土落在他頭上，史匹曼本能地用手臂護住臉，等待著下一鏟土的降臨。

再也沒有土落下。

上方傳來了響亮的敲擊聲，接著是重物倒地聲，然後史匹曼再度見到明亮的光芒往下照耀著他：「你沒事吧，史匹曼教授？」

這一次燈光後傳來的聲音是友善而關切的，史匹曼的恐懼開始消退。「我想是沒事，史提夫。我身上到處是傷，但是我還活著。上面怎麼樣了？」

「我用槳把范恩的頭給敲得腦袋開花。他沒聽到我走到他的後面，那時候他正忙著活埋你。我打得非常用力，我想他可能會需要醫生，但是我更擔心你的情況。」

派卜伸手下去，把史匹曼從墓穴中拉了上來，這個新掘好的墓穴差點成了史匹曼教授的墳墓。史匹曼熱情地擁抱拯救他的年輕人：「你做得很好，史提夫，我欠你一命。」

「我才要謝謝你呢，」派卜回答。「畢竟是我主動去找你請求幫忙，因為警方認為我殺了朵拉。當你告訴我你的計畫，要我幫忙的時候，我真是大大鬆了口氣。我知道如果你的計畫成功，我就不會再是嫌犯啦。要我躲在這兒，似乎是我所能幫上的最小的忙，所以所有的功勞還是應該歸功於你。不管怎麼說，我也被嚇了一跳呢，那個時候你停在拉姆齊的墳墓旁邊，我不確定是你還是范恩先到了，我真是笨死了，竟然弄出了聲音來。但是當你繼續往前走的時候，我就知道那是你，希望你也知道那是我。」

史匹曼輕拍史提夫的手臂：「是有那麼一、兩秒我覺得有點提心吊膽的，但是我知道我們說好了，拉姆齊的墓是你要藏身的地方，所以我假設那個聲音是你發出來的。無論如何，我們最好快點採取行動，我們不知道范恩傷得有多嚴重，如果很嚴重，我們必須幫他找醫生，如果不嚴重的話，我也不希望再來一場搏鬥了。」

史匹曼只猶豫了片刻，又說：「我看這樣辦吧，我有一輛車子停在下面的杭廷頓，我開車去警察局求援，你在這兒看著范恩，要是他醒過來……呃，不管怎麼說，你都具有相對優勢。」

第二十六章　史匹曼教授的教授

「Benedicto Benedictur[1]。」

沒有院長出席，在學院餐廳舉行的高桌晚宴結束之際，便由最資深的院士按照恆久不變的慣例吟頌這段拉丁禱詞，做為結尾。今晚擔負這項重責大任的斯賓塞・海特伍德聽過了太多遍這段禱詞，閉著眼睛都可以背得出來；但是這位上了年紀的生物學者和奈吉爾・哈特不同，不是敷衍帶過了事，而是字字清晰，向上帝祝禱。

海特伍德一唸完，品恩就接著敲響鑼聲，這個鑼位於院士進出高桌晚宴的入口旁；在深沉

譯註：

[1] 拉丁文的飯後禱告詞，意思是：Let a Blessing be given by the Blessed One。

的鑼聲當中，大學生全體起立，目送教師排成一列退場離去，走進通往教師休息室的走道。

史匹曼跟在賈德・麥當勞身後，心裡想著不知道哈佛的學生會對這種規矩有何反應，老師進來吃飯的時候要起立歡迎，離開的時候再起立歡送；用餐期間，老師們坐在位置比他們高的桌子前，由服務生伺候，優雅用餐，讓學生可望而不可及地看著。

在用餐室的外面，高桌成員走進一間大型更衣室，每位院士在裡面都分派有個人專屬的掛鉤，供他們吊掛用餐時所穿的長袍。應邀作客的史匹曼也借到了一件長袍——更衣室裡總是會有多的長袍，因為不是每個院士每天晚上都會留在學院吃晚餐。史匹曼發現自己穿的這件黑色長袍，袖子長到妨礙他喝湯；把這件長袍掛回主人所屬的鉤子上，讓史匹曼感到輕鬆不少。

史匹曼知道，劍橋學院裡的高桌晚宴不過是歷時整晚的儀式前奏，更漫長的部分才正要開始。在餐廳用過甜點之後，院士和賓客移動到教師休息室，享用白蘭地、波特酒，或是如同越來越多院士所選擇的，單純喝杯咖啡；這些飲料是學者們聊天時的附屬品。在高桌晚宴上能夠輕鬆交談的對象，只有坐在對面和左右兩側的人，而在教師休息室裡，發表談話時可以讓更多人聽到。

高桌成員沒有義務在用餐完畢之後一定要加入教師休息室的閒聊，事實上，隨著主教學院結婚的院士人數增加，教師休息室裡的人數已相對減少。但是今晚所有來參加高桌晚宴的成員，都走向了位於餐廳末端的這間挑高休息室。

院士們熙熙攘攘地穿過走廊，前往重新集合的房間時，戴摩．凡爾擠到亨利．史匹曼身邊說：「史匹曼教授，你今晚能夠答應前來參加我們的晚宴，我實在沒辦法形容我有多麼高興。這會是個受到歡迎的轉變，同樣的話題已經盤據我們的討論好幾個禮拜了。」

「這麼熱門的話題是什麼？」史匹曼詢問年輕的院士。

「誰會取代哈特，成為主教學院的院長囉，」凡爾回答，「這大概是最近每個人心裡唯一能夠容下的事，討論、八卦幾乎從沒斷過。但是當然啦，我相信你對這種情況已經是見怪不怪了，事情就是這樣，還能期望怎麼樣。」

「我想你說的沒錯，但是我沒辦法昧著良心說這是我所期望的情況。我們美國的院長，和你們的院長不太一樣。大家確實會擔心選誰來接掌這個職位，不過我從來不參與這一類的討論。」

「為什麼不呢？你一定會關心院長候選人的資格與能力，還有他們的學經歷背景吧。」凡爾的臉上顯出困惑的表情。

「就我個人立場而言，院長的資格有兩項——也就只有這兩項——第一是，這個候選人認識我嗎？第二是，這個候選人喜歡我嗎？」

戴摩・凡爾沉默了一會兒，試著判斷史匹曼用來審核美式院長的準則，有沒有可能適用於劍橋新院長的選拔。接著他發現其中所含的智慧昭然若揭，不禁喃喃說道：「我懂你的意思了。」

排成一圈的椅子，正等著這群人就座。每個人都坐定之後，學院總管送上第一輪飲料和咖啡，品恩一天的工作便到此為止；之後則由在場最資淺的院士接手，負責注意隨時添滿杯子，以及正確記錄不同院士在吧台的存酒量。

今天晚上亨利・史匹曼是由賈德・麥當勞邀請參加高桌晚宴，此舉受到了主教學院幾乎所有院士的鼓勵與支持。麥當勞迅速攀升的人望並非由於教授當中的經濟政治觀點有任何轉變，倒不如說是出於好奇，強烈的好奇甚至克服了意識型態上的黨派分隔，每個人都想從史匹曼那兒獲得第一手資料，直接聽他敘述前一天晚上的冒險經歷。

「麥當勞老小子欸，希望你覺得今晚邀請你的朋友史匹曼來參加高桌晚宴是件恰當的事。」這是出自一個多年來和麥當勞始終不甚友好的院士之口。

「現在給我聽好了，老傢伙，我很樂意邀請你的朋友史匹曼做我今晚的客人，除非，當然啦，你已經安排好要自己邀請他。」這是出自一個多年來從未邀請過任何客人的院士之口。

「麥當勞，今天你是不是有可能帶史匹曼博士一起來參加高桌晚宴？我只是問問而已，因為你的答案會影響我今晚是否參加的決定。」這是出自一個難得出席的老院士之口。

「賈德，我知道今天是你的朋友史匹曼待在劍橋的最後一天，你一定計畫帶他參加今天晚上的高桌晚宴，給他辦個像樣的送行吧！」這段話是出自奧莉維亞・海爾之口！

佩吉・史匹曼的座位被安排在薛帕和丈夫之間，他們三個都是賈德・麥當勞邀請的客人，賈德就坐在他們的左邊。賈德希望在史匹曼夫婦離開的前一晚能和他們一起共度，而雖然他和薛帕不是什麼很親近的朋友，但是他覺得和這位書商的處境頗為相同，畢竟兩人都曾經是哈特謀殺案的嫌犯，是史匹曼幫助洗刷了他們的嫌疑，所以邀請薛帕參加顯得很適當，而他也當場接受了邀請。

同樣以賓客身分列席的還有鄧肯・思林。雖然他是聖約翰學院的院士，但是今晚在亨利・史匹曼的堅持下，思林也受到了邀請，來聽以他的房子為中心的事件發展描述。他坐在錢德勒及奧莉維亞・海爾之間；思林和奧莉維亞都是哈特的朋友，他們坐在椅子圍成的圓圈這一邊，正好在史匹曼夫婦及薛帕的對面。

阿吉・陳代瓦可提高音量，蓋過圓圈當中其他人的談話聲，麥爾康・戴倫巴區很欣慰有人主動出來破冰，他知道其他同事也有類似的感覺。陳代瓦可說：「亨利，我知道我的話可以代表這裡所有人，我們都非常感激你。我還要表達我們的遺憾，不僅是為了你所遭遇的不便——

呃，其實是超出不便許多的麻煩——我們全都可以看到你身體上所受到的傷害。話雖如此，我認為還是有必要請求你再為我們服務一次。本院院長的謀殺案令人備感哀痛，雖然我們知道教唆殺人的煽動者已經被逮捕——連警方都認同，若是沒有你不辭辛勞的奮鬥，不可能獲致這樣的成就——我們卻依然如墜五里霧中，對一切細節幾乎毫無概念。截至目前為止，有關當局始終吝於提供任何資訊，儘管我們這些人受到奈吉爾的死影響最深，對這間房裡的人產生最多負面影響。不知道您是否願意容許我們提出幾個問題呢？或許如此一來，此刻折磨著我們的疑問，究竟在什麼時候發生了什麼事以及為什麼，可以得到澄清，讓我們卸下心頭一塊大石。」陳代瓦可坐回椅子上，同事們表示讚賞的點頭沒有逃過他的注意。

亨利・史匹曼作答之前先清了清喉嚨：「我一向認為，教授應該要樂於教授。我會試著滿足你的要求，阿吉，但是在此之前請容我補充說明，關於剛才你的讚揚，我個人並沒有因為做了那些事情而感到格外自滿。這不是自謙之詞；問問我內人就可以知道，謙虛不是我的強項。我說這話是因為我真心深刻地感到，任何對經濟學認真以待的人，都可以做到我所做的事。至於這方面，我更不敢居功了，要感謝的應該是這門學科當中的偉人，從斯密到馬歇爾，是他們教導我，經濟學是一種思考方式，到如今這已成為我唯一的思考方式。

「我想我能夠給各位最大的幫助，是讓大家知道，又或者有的人已經知道了，只是由我在此提醒——馬歇爾曾經深入美國內華達州探險，那是在一八七五年，當時的美國西部，一如牛仔電影所描繪的場景。對於馬歇爾在那段時間內的活動詳情，我們所知不是非常豐富，不過我們可以確知的是，馬歇爾走訪了維吉尼亞市的銀礦，而且顯然買下了其中一家開礦公司的股票，那家公司的名稱叫做『高帽子狂人』。後來馬歇爾了解到這些股票近乎毫無價值，他對待那些股票的方式，比較像是紀念品，而不是可據以要求實際資產的憑證。到了某個時候，那也是在馬歇爾過世許久之後，這些紙張變成了價值數百萬美元的寶貝。兩天前的晚上聽完晚禱表演後，我打電話給我在美國的證券經紀人，他告訴我的資訊，和我的預期一致：那個銀礦裡發現了鈾礦。一八七五年馬歇爾只要買下一股的股票，那一份股份換算成今日的價值，就相當於大約七十五萬美元；而我們知道，黑司凱次家的女孩曾經拿了好幾張股票把玩。就是這筆財富，在墨利斯・范恩的眼中，扮演著和伊甸園的蘋果在亞當眼中同樣的角色：無法抗拒的誘惑。但是這兩則故事有一個很大的差異，在伊甸園裡是夏娃誘惑了亞當，在劍橋則是亞當誘惑了夏娃。

「范恩認識朵拉・譚納，是在她隨劇團到美國巡迴演出的時候。他們在芝加哥相遇，在那段時間內范恩從譚納那邊得知，她小時候去過馬歇爾家，當時她父親帶著她去探訪馬歇爾的遺孀，瑪麗・馬歇爾，而馬歇爾太太為了招待這個小女孩，拿出了一些東西給她玩，其中包括了幾張色彩鮮豔的紙。黑司凱次家的小女孩把那些紙藏在閣樓的地板下面——她不是想要偷走那些紙，而是比較出於小女孩家的淘氣舉動。她原本希望能夠再拿出那些紙來玩，上面的名字很特別，和她最喜歡的一個故事人物有關係，但是後來她再也沒回來過。

「多年以後，她在無心之間向墨利斯．范恩提到這件事的時候，范恩立刻意識到，那些被藏起來的紙片，就是高帽子狂人礦場的股票。他對於金融相關的新聞與期刊一向有閱讀的狂熱，所以知道那些股票很值錢，於是設計了巧取的計畫，他的構想是買下貝立奧莊，就像石油公司從不知情的辛勤小農手上，買下可以鑽出自噴油井的田地。

「奈吉爾．哈特卻在無意之間破壞了他的詭計，所以范恩使出了最後手段。他從譚納小姐那兒知道，她對哈特有著難以磨滅的恨意；哈特曾經是劍橋使徒的成員，而譚納認為哈特應該要為她父親的死負責。她父親的名字是安德魯．黑司凱次，若干年前曾經是劍橋前途光明的經濟學家，但卻受到哈特的排擠而無法加入劍橋使徒，之後便自殺了。

「哈特究竟是有罪抑或無辜，不在我們此刻的討論範圍之內，重要的是譚納小姐相信，她父親的死亡以及其後她的遭遇，都是哈特所造成的。范恩說服她搬到劍橋來殺了哈特，利用她的仇恨與痛苦達成目的，還幫助她規劃謀殺計畫。索特馬許太太家提供了很好的掩護，藏匿了她在劍橋地區出現的真正原因。范恩認為除掉擋路的哈特以後，他又有機會可以接近貝立奧莊。」亨利‧史匹曼用手指向鄧肯‧思林。「范恩相當肯定，到那個時候你會樂於把貝立奧莊出售給他。」

思林點頭表示同意：「這、這、這個嘛，他畢竟是我下、下一個最好的選擇。」

「是啊，」史匹曼繼續往下說：「無論如何，范恩這下是賺到了，警方沒辦法偵破哈特的謀殺案，而且范恩又相當幸運地，不僅沒有被當成嫌犯，大家還擔心他可能會是下一個受害者。」

「為什麼他有可能是下一個受害者？」錢德勒‧海爾想知道。

「喔，我還以為你們全都聽說過，墨利斯‧范恩抵達劍橋的第一天就發生了意外，他坐船泛舟到聖約翰學院附近的時候，有個啞鈴從學院的窗口掉下來，差一點點就砸中他了。這是一場可能致死的意外，警方的調查始終無法確認事實真相。我認為那應該只是一場意外，但在另一方面，我太太卻提出了她的猜疑。不管怎麼說，在哈特死後，我必須考量這種可能性，無論是誰殺了哈特，也有可能試圖殺害范恩，他們兩個之間的關聯就是貝立奧莊。當然了，這種想法完全誤導了我，甚至在我知道是譚納小姐殺了哈特之後，仍然使我誤入歧途。」

「你剛才已經說得相當清楚，譚納為什麼會做出這種事情；但是你還沒解釋你怎麼會知道是她下的手。」插話的是奧莉維亞‧海爾。「總不會只是憑運氣猜到的吧。」

「我不需要猜，她的行為出賣了她。等我說清楚之後，當然啦，在座的經濟學家就會知道這個事實有多麼顯而易見。

「我太太和我接受邀請參觀格蘭切斯特，整件事其實很單純，我們搭平底船遊河的時候，載我們的是一個很棒的年青人，他強力推薦我們到格蘭切斯特去，他就住在那裡，於是我們決定要去找他，那正好是四天前的事。等到了那裡，我和我太太第一次見到了朵拉・譚納，她人很好，很親切動人。她和我們去找的那個年青人是同一家的房客，是那個年青人幫我們介紹認識她的。譚納小姐很在意我們的車子是不是擋住了她的車子，這使我注意到她的車子，我以前曾經見過那輛車。事實上，海爾教授，就是在前往你家舉行的派對的路上，賈德指出那輛車子是屬於奈吉爾・哈特的，車上的主教學院縮寫貼紙都還沒撕掉。」

「說真的，史匹曼教授，譚納小姐買下了我們院長的車子，這個事實並不表示她殺了他。畢竟那輛車子她是用買的，而不是用偷的。」

「說得一點也沒錯，她是用買的，這就是重點所在。要是她是用偷的，那就沒有什麼好追究的啦。」

史匹曼的聽眾面面相覷，有人互相交換著困惑的眼色，有人聳肩表示不解。

史匹曼繼續他的故事：「那個帶我們四處參觀的年青人——他的名字是史提夫・派卜——告訴了我們朵拉・譚納購買那台車子的經過。譚納原本有機會購買一台款式和型號相同，價格也幾乎完全一樣的車子，那是派卜一個好朋友的車，派卜可以保證那台車子的品質，但是派卜卻指出，譚納對這台車子完全沒興趣，派卜甚至在我們面前開譚納的玩笑，說她放棄了大好機會，反而跑去二手車商那裡買車，而她買的車，正是我認出曾經屬於哈特的那台車。

「當場我就覺得不太對勁，但是沒有時間細想，因為接下來派卜就帶著我和我太太在格蘭切斯特散步健行。之後那天傍晚在賈德家，不對勁的感覺又回來了，就是在那個時候，我重新徹底思考了一遍我所聽到的事情，從譚納買車聯想到我岳母買保險的事，於是一切就顯得很清楚了，我想你們大家應該也都懂。」

「我必須坦白承認我不懂，或許我是這間房間裡唯一不懂的人吧。你的岳母買保險，為什麼會和譚納買院長的車子有關係呢？」麥爾康・戴倫巴區相信自己是代表其他比較羞於承認無從理解的同事發言。

「在經濟學裡面有種關於資訊不對稱的理論，用這個理論來解釋二手車市場的話，內容大致是這樣的：在二手車賣場裡求售的車子，可以肯定多半都是『檸檬[2]』，這是我們美國人的

編註：

[2] 次級品之意。理論可詳見George A. Akerlof的論文《*The Market for Lemons*》。

說法。有好車要賣的人知道，由於買方對車子品質所擁有的資訊遜於賣方，買主無法辨識這些好車優越的性能；而由於無法辨識品質，在二手車賣場購車的人可想而知不會願意承擔這樣的風險，花更高的價格買下結果可能是一堆破銅爛鐵的車子。於是車況良好的車主會發現，他們的車子放在賣場裡，並不能夠賣到比那些車況差的車子更高的價格，所以真正好的二手車都是透過親朋好友介紹私下買賣；而賣場裡剩下的車子是『檸檬』的或然率便更加提升。

「保險市場也有同樣的問題，由於類似的理由，資訊不對稱的難題導致產生逆向選擇，也就是說，保費對低風險的好客戶而言太高，對高風險的壞客戶而言又太低；這表示會有更多壞客戶投保，而不是好客戶。這就是逆向選擇。

「朵拉・譚納有機會迴避這樣的風險，但是她卻放棄了。就是在這個時候，我領悟到她想要哈特的車子其實有隱藏的動機。但是這個動機是什麼？我知道謀殺的凶器一直沒有找到；如果說哈特的車子裡放著歹徒匆忙之間藏起來的凶器，那麼譚納的行為就說得過去了。派卜認為她對那台車子一頭熱，我卻知道其實她是冷血。」

史匹曼的故事告一段落，薛帕趁機發言：「賈德・麥當勞和我，還有你的朋友派卜，當然啦，我們都是你偵探工作的受惠者，史匹曼教授，你幫我們洗清了所有嫌疑。沒有警察來店裡察看、監視我去了哪些地方，實在太令人愉快啦。我不明白的是，在你斷定兇手是譚納小姐之前，你怎麼知道我沒有殺害哈特呢？你還沒認識譚納小姐的時候，曾經到過我的店裡，那個時候我知道我沒有殺哈特，但是你又是怎麼知道的呢？」

「如同我那個時候跟你說的，你並沒有從中獲益，反而還失去了一個朋友。你所付出的成本沒有利益足以抵銷。」

「等一下，亨利，我知道薛帕是清白的，但是你難道忘了，他得到了哈特所有的書，用最快的動作上架銷售——而且其中有些書的價格很驚人。」賈德・麥當勞坐在椅子上的身體往前傾，轉向右側，越過坐在中間的薛帕和佩吉，望向他的朋友。

「我從來沒有認為薛帕牽涉在哈特的謀殺案之內。這個結論我是在你家裡獲得的，就在你接到通知之後——我記得是一個叫做蓋博的人打電話來給你，對吧？——說薛帕被警方給抓去了。你還指出他可能會有大麻煩，因為哈特的死使他受益。但是結果事實證明，他根本沒有獲得任何利益。」

「但是他得到了那些書……」

「是的，但是是以市價買進的。你自己跟我說過，那些書會拍賣給出價最高的競標者。其他競標者也都知道這些書的零售價格，他們會把價格往上喊，直到最後得標的買者，也就是薛帕，購買的價格賺不到額外的利潤為止。之後我去薛帕先生的店裡造訪時，他證實了哈特的藏書，是經過和其他書商及業者的競爭，才讓他給買到手的。這只不過是另外一個例子，再度證明競爭使得利潤趨向均一。我還觀察到了，薛帕先生並不以擁有哈特的藏書為樂，對他而言，那些書都是存貨，他根本是急著看到這些書賣出，好拿回他所投資的錢。」

阿吉・陳代瓦可發話了：「說得非常有道理，令人信服啊，亨利。但是我有一個相當唐突的問題要問你。說實在的，有不少同事——請原諒我這麼說，麥當勞，但是我也是這樣認為的人之一——我們覺得哈特的死，相當可能有政治上的動機。劍橋這裡的經濟學者鬧分裂，對立的意識型態各據山頭為王，這不是什麼祕密。奈吉爾・哈特是其中一方陣營的重要人物，而我認為——我這麼說的用意是種恭維——麥當勞可以說是另一方陣營裡，地位與哈特相當的人物。少了哈特的存在，麥當勞那一方就少了一大敵手，所以說如果他們當中有人把除去哈特的計畫付諸實行，應該是很可以想像的事，不是嗎？」

奧莉維亞・海爾接著讚美坐在左邊的同事：「陳代瓦可博士剛剛替我提出了一大狐疑，我自己原本就想提出同樣的問題。」

「我非常清楚劍橋大學內存在的黨派分裂，也絕不懷疑歧見之深以及雙方人馬的認真程度。不過在奈吉爾・哈特一案當中，我之所以排除自由市場經濟學家的嫌疑，所持理由正如我會排除馬克思凱因斯主義學者的嫌疑。這對雙方都沒有任何好處，哈特的死並不會傾覆勢力的均衡，讓任何一方得利。」史匹曼停頓了一下，聳了聳肩膀，同時做了個表示這不重要的手勢。「聽我說，你們必須記住，分析這一類問題的要點不是詳細檢閱動機——警方就是太常在這個部分出錯——而是仔細剖析利弊得失。

「時間有點晚了，我和佩吉明天一早還要到希斯羅機場搭飛機離開，可是我不希望我走了之後你們還是不明不白。最終幫助我把矛頭指向墨利斯・范恩的，是馬歇爾。這還真是諷刺，我想，竟然是由貝立奧莊的原主人洩漏點出了范恩的祕密。范恩曾經告訴我，他是做牛肉生意的，實際上是牛肉和牛皮生意，因為這兩項商品無法分開生產。但是當我問他一個最簡單的問題，有關牛肉需求下降的事，他的回答卻是牛肉需求下降使得牛皮價格跟著下跌。嗯，任何讀過馬歇爾的人，應該都知道這是錯誤的觀念，馬歇爾所用的正是這個例子。」

這個時候，麥當勞直直看向坐在圓圈對面的奧莉維亞・海爾，插嘴說道：「馬歇爾還用了小麥和稻草的例子說明同樣的論點，因為小麥和稻草也是聯合生產的商品。他在論證中指出，稻草的需求減少導致種植小麥的意願下降，這表示市場上的小麥數量將會減少，結果是小麥價格往上推升。請恕我多嘴加一句補充說明，這對窮人來說造成極大的痛苦。」賈德・麥當勞投給奧莉維亞・海爾一個禮貌的微笑。

史匹曼接續他的話頭：「當我認識到范恩其實不是他自稱的那個人，我把這件事告訴了佩吉；她又提醒了我一件事，是在我的演講結束後，她在海爾家派對上聽到的消息。派對上有個客人叫做葛雷漢・卡頓，他向我太太表示，他認識一個名叫墨利斯・范恩的人，是在芝加哥的劇場工作；而在朵拉・譚納的遺物中，有張節目單上顯示她曾經在芝加哥表演過。要把這兩件事牽在一起，做出正確的臆測其實並不難。

「也就是在這個時候，我決定設下陷阱，引范恩先生入彀。我送了一張便條給他，附上另一張假造的便條，那張假文件是用馬歇爾圖書館的信紙寫成的，刻意模仿瑪麗・馬歇爾的筆跡，裡面說她找到了那些礦藏股票，埋進墓穴裡陪伴丈夫去了。我一點都不懷疑范恩會試圖奪回那些股票，連謀殺都敢的人，盜墓更沒有什麼好怕的。我也很肯定他會在昨天晚上動手，今天是他該把貝立奧莊的餘款付給鄧肯・思林的日子，要是可以在付款之前找到那些股票，他損失的便只有訂金部分，同時可以擁有數百萬美元身價。如同我所預料的，范恩出現了，這一點你們可以從我身上包紮的繃帶看得出來。要不是因為有史提夫・派卜，我現在八成已經加入那些劍橋傑出學者的行列，安息於聖嘉爾斯墓園了。

「要我說的話，現在在場的這些人當中，最應該感謝我的不是任何和主教學院有關係的人，而是聖約翰學院的人。鄧肯，那些股票現在應該還躺在你家閣樓的地板下面，在美國我們有句話說：『所有權的十分之九看法律』，如果這句話適用於英國，那麼你就是一個非常有錢的人了。」

「史匹曼教、教、教授，恐怕在我們英國呢，所有物的十分之九要繳稅，所以說你讓女王陛、陛、陛下的政府平添了一筆小小的財富。」鄧肯・思林敏捷的反駁博得了一片笑聲，其中笑得最大聲的就屬奧莉維亞・海爾。

隨著主教學院教師休息室的夜晚將近尾聲，賈德・麥當勞問道：「亨利，等你回到美國之後，你的下一步計畫是什麼？一定沒那麼刺激吧，我相信。」

「喔，你知道的，旅行都是這樣，」史匹曼答話的時候，臉上一副認命的表情。「等我回去，郵件早就堆積如山，我的秘書會丟給我一疊電話留言，我還有兩項研究計畫正在進行中。」

「別忘了，亨利，」佩吉的聲音響起，「你答應了今年夏天去以色列演講，八月還有那個蒙特婁的會議要開。我希望你可以暫時不要再搞七捻三的了，像現在這樣，你根本什麼事也做不成。」

「但是事情就是這樣啊，佩吉。而且，如同一位偉大的哲人曾經說過的：『人生啊，泰半是未竟的事業』。」

經濟新潮社　〈自由學習系列〉

書　號	書　　　名	作　　者	定價
QD1001	**想像的力量**：心智、語言、情感，解開「人」的祕密	松澤哲郎	350
QD1002	**一個數學家的嘆息**：如何讓孩子好奇、想學習，走進數學的美麗世界	保羅・拉克哈特	250
QD1003	**寫給孩子的邏輯思考書**	苅野進、野村龍一	280
QD1004	**英文寫作的魅力**：十大經典準則，人人都能寫出清晰又優雅的文章	約瑟夫・威廉斯、約瑟夫・畢薩普	360
QD1005	**這才是數學**：從不知道到想知道的探索之旅	保羅・拉克哈特	400
QD1006	**阿德勒心理學講義**	阿德勒	340
QD1007	**給活著的我們・致逝去的他們**：東大急診醫師的人生思辨與生死手記	矢作直樹	280
QD1008	**服從權威**：有多少罪惡，假服從之名而行？	史丹利・米爾格蘭	380
QD1009	**口譯人生**：在跨文化的交界，窺看世界的精采	長井鞠子	300
QD1010	**好老師的課堂上會發生什麼事？——探索優秀教學背後的道理！**	伊莉莎白・葛林	380

經濟新潮社 〈經濟趨勢系列〉

書號	書名	作者	定價
QC1001	**全球經濟常識100**	日本經濟新聞社編	260
QC1003X	**資本的祕密**：為什麼資本主義在西方成功，在其他地方失敗	赫南多・德・索托	300
QC1004X	**愛上經濟**：一個談經濟學的愛情故事	羅素・羅伯茲	280
QC1014X	**一課經濟學**（50週年紀念版）	亨利・赫茲利特	320
QC1016X	**致命的均衡**：哈佛經濟學家推理系列	馬歇爾・傑逢斯	300
QC1017	**經濟大師談市場**	詹姆斯・多蒂、德威特・李	600
QC1019X	**邊際謀殺**：哈佛經濟學家推理系列	馬歇爾・傑逢斯	300
QC1020X	**奪命曲線**：哈佛經濟學家推理系列	馬歇爾・傑逢斯	300
QC1026C	**選擇的自由**	米爾頓・傅利曼	500
QC1027X	**洗錢**	橘玲	380
QC1031	**百辯經濟學**（修訂完整版）	瓦特・布拉克	350
QC1033	**貿易的故事**：自由貿易與保護主義的抉擇	羅素・羅伯茲	300
QC1034	**通膨、美元、貨幣的一課經濟學**	亨利・赫茲利特	280
QC1036C	**1929年大崩盤**	約翰・高伯瑞	350
QC1039	**贏家的詛咒**：不理性的行為，如何影響決策	理查・塞勒	450
QC1040	**價格的祕密**	羅素・羅伯茲	320
QC1041	**一生做對一次投資**：散戶也能賺大錢	尼可拉斯・達華斯	300
QC1043	**大到不能倒**：金融海嘯內幕真相始末	安德魯・羅斯・索爾金	650
QC1044	**你的錢，為什麼變薄了？**：通貨膨脹的真相	莫瑞・羅斯巴德	300
QC1046	**常識經濟學**：人人都該知道的經濟常識（全新增訂版）	詹姆斯・格瓦特尼、理查・史托普、德威特・李、陶尼・費拉瑞尼	350
QC1047	**公平與效率**：你必須有所取捨	亞瑟・歐肯	280
QC1048	**搶救亞當斯密**：一場財富與道德的思辯之旅	強納森・懷特	360
QC1049	**了解總體經濟的第一本書**：想要看懂全球經濟變化，你必須懂這些	大衛・莫斯	320
QC1050	**為什麼我少了一顆鈕釦？**：社會科學的寓言故事	山口一男	320

經濟新潮社　〈經濟趨勢系列〉

書號	書名	作者	定價
QC1051	**公平賽局**：經濟學家與女兒互談經濟學、價值，以及人生意義	史帝文・藍思博	320
QC1052	**生個孩子吧**：一個經濟學家的真誠建議	布萊恩・卡普蘭	290
QC1053	**看得見與看不見的**：人人都該知道的經濟真相	弗雷德里克・巴斯夏	250
QC1054C	**第三次工業革命**：世界經濟即將被顛覆，新能源與商務、政治、教育的全面革命	傑瑞米・里夫金	420
QC1055	**預測工程師的遊戲**：如何應用賽局理論，預測未來，做出最佳決策	布魯斯・布恩諾・德・梅斯奎塔	390
QC1056	**如何停止焦慮愛上投資**：股票＋人生設計，追求真正的幸福	橘玲	280
QC1057	**父母老了，我也老了**：如何陪父母好好度過人生下半場	米利安・阿蘭森、瑪賽拉・巴克・維納	350
QC1058	**當企業購併國家（十週年紀念版）**：從全球資本主義，反思民主、分配與公平正義	諾瑞娜・赫茲	350
QC1059	**如何設計市場機制？**：從學生選校、相親配對、拍賣競標，了解最新的實用經濟學	坂井豐貴	320
QC1060	**肯恩斯城邦**：穿越時空的經濟學之旅	林睿奇	320
QC1061	**避稅天堂**	橘玲	380

經濟新潮社 〈經營管理系列〉

書號	書名	作者	定價
QB1097	**我懂了！專案管理**（全新增訂版）	約瑟夫・希格尼	330
QB1098	**CURATION策展的時代：**「串聯」的資訊革命已經開始！	佐佐木俊尚	330
QB1099	**新・注意力經濟**	艾德里安・奧特	350
QB1100	**Facilitation引導學：**創造場域、高效溝通、討論架構化、形成共識，21世紀最重要的專業能力！	堀公俊	350
QB1101	**體驗經濟時代**（10週年修訂版）：人們正在追尋更多意義，更多感受	約瑟夫・派恩、詹姆斯・吉爾摩	420
QB1102	**最極致的服務最賺錢：**麗池卡登、寶格麗、迪士尼都知道，服務要有人情味，讓顧客有回家的感覺	李奧納多・英格雷利、麥卡・所羅門	330
QB1103	**輕鬆成交，業務一定要會的提問技術**	保羅・雀瑞	280
QB1104	**不執著的生活工作術：**心理醫師教我的淡定人生魔法	香山理香	250
QB1105	**CQ文化智商：**全球化的人生、跨文化的職場——在地球村生活與工作的關鍵能力	大衛・湯瑪斯、克爾・印可森	360
QB1106	**爽快啊，人生！：**超熱血、拚第一、恨模仿、一定要幽默——HONDA創辦人本田宗一郎的履歷書	本田宗一郎	320
QB1107	**當責，從停止抱怨開始：**克服被害者心態，才能交出成果、達成目標！	羅傑・康納斯、湯瑪斯・史密斯、克雷格・希克曼	380
QB1108	**增強你的意志力：**教你實現目標、抗拒誘惑的成功心理學	羅伊・鮑梅斯特、約翰・堤爾尼	350
QB1109	**Big Data大數據的獲利模式：**圖解・案例・策略・實戰	城田真琴	360
QB1110	**華頓商學院教你活用數字做決策**	理查・蘭柏特	320
QB1111C	**V型復甦的經營：**只用二年，徹底改造一家公司！	三枝匡	500
QB1112	**如何衡量萬事萬物：**大數據時代，做好量化決策、分析的有效方法	道格拉斯・哈伯德	480

經濟新潮社 〈經營管理系列〉

書號	書名	作者	定價
QB1114	**永不放棄：**我如何打造麥當勞王國	雷・克洛克、羅伯特・安德森	350
QB1115	**工程、設計與人性：**為什麼成功的設計，都是從失敗開始？	亨利・波卓斯基	400
QB1116	**業務大贏家：**讓業績1＋1＞2的團隊戰法	長尾一洋	300
QB1117	**改變世界的九大演算法：**讓今日電腦無所不能的最強概念	約翰・麥考米克	360
QB1118	**現在，頂尖商學院教授都在想什麼：**你不知道的管理學現況與真相	入山章榮	380
QB1119	**好主管一定要懂的2×3教練法則：**每天2次，每次溝通3分鐘，員工個個變人才	伊藤守	280
QB1120	**Peopleware：**腦力密集產業的人才管理之道（增訂版）	湯姆・狄馬克、提摩西・李斯特	420
QB1121	**創意，從無到有**（中英對照×創意插圖）	楊傑美	280
QB1122	**漲價的技術：**提升產品價值，大膽漲價，才是生存之道	辻井啟作	320
QB1123	**從自己做起，我就是力量：**善用「當責」新哲學，重新定義你的生活態度	羅傑・康納斯、湯姆・史密斯	280
QB1124	**人工智慧的未來：**揭露人類思維的奧祕	雷・庫茲威爾	500
QB1125	**超高齡社會的消費行為學：**掌握中高齡族群心理，洞察銀髮市場新趨勢	村田裕之	360
QB1126	**【戴明管理經典】轉危為安：**管理十四要點的實踐	愛德華・戴明	680
QB1127	**【戴明管理經典】新經濟學：**產、官、學一體適用，回歸人性的經營哲學	愛德華・戴明	450
QB1128	**主管厚黑學：**在情與理的灰色地帶，練好務實領導力	富山和彥	320
QB1129	**系統思考：**克服盲點、面對複雜性、見樹又見林的整體思考	唐內拉・梅多斯	450
QB1130	**深度思考的力量：**從個案研究探索全新的未知事物	井上達彥	420

國家圖書館出版品預行編目資料

奪命曲線：哈佛經濟學家推理系列／馬歇爾·
傑逢斯（Marshall Jevons）著；葛窈君譯.
-- 二版. -- 臺北市：經濟新潮社出版：家庭
傳媒城邦分公司發行, 2016.06
面；　公分. --（經濟趨勢；20）
譯自：A deadly indifference
ISBN 978-986-6031-90-8（平裝）

874.57　　　　105009209